KB141060

2021 제1회

한탄강문학상 수상작품집

2021 제1회

한탄강문학상 수상작품집

시인

제1회 한탄강문학상 수상작품집을 발간하며

신 광 순 (종자와시인박물관 관장)

우리 연천! 한탄강!

한반도의 중심이면서 문명의 발상지였던 곳, 외세에 의해 절반으로(38선) 잘리고 6·25전쟁을 겪으면서 휴전선으로 다시 잘려 한탄강은 고난의 세월을 지켜온 강이 되었습니다.

우리 연천 한탄강은 구석기시대 유물이 보여주듯 우리 민족의 문명 발상지 중에 중심이었습니다. 수천수만 년을 흘러온 한탄강 앞에 우리 인생의 호미질은 풀벌레 울음소리에 불과하고, 한탄강 강바닥에 모나고 각진 돌멩이가 흐르는 물살에 비켜서지 못하고 깎이고 깎인 둥근 모습으로 우리에게 보여주는 것은, 우리의 길을 알려주는 이정표입니다.

그동안 세상에 없던 것이 새로 태어나지 않듯 무언가 누군가가 뿌린 씨앗이 있고 고통이 있었기에 오늘의 연천 한탄강이 흐르는 것입니다.

문화라는 꽃은 씨 뿌린 사람이 수확하는 것이 아니라 오랜 세월 여럿이 가꾸고 키워나가야 꽃이 피고 열매가 맺는 것입니다.

이제 한탄강문학상이라는 씨앗이 뿌려졌으니 우리 모두 참여하여 함께 키워나갑시다.

한탄강문학상이 태동하는데, 따뜻한 군불을 지펴주시고 미역국을 끓여주신 연천 군수님을 비롯한 관계자 여러분께 진심으로 감사의 마음을 전합니다.

감사합니다.

2022. 1.

(재)종자와시인박물관 관장 신 광 순

제1회 한탄강문학상 수상작품집 발간을 축하드립니다

김 광 철 (연천군수)

안녕하십니까?

먼저 처음으로 개최되는 한탄강문학상 제정과 성공적인 문학상 운영에 이은 『한탄강문학상 수상작품집』 발간을 매우 뜻 깊게 생각하며 진심으로 축하드립니다.

예로부터 우리 연천군은 임진강과 한탄강이라는 천혜의 아름다운 자연환경과 더불어 오랜 역사와 문화를 지닌 곳으로서 널리 알려져 왔습니다. 따라서 우리 역사의 큰 획을 긋는 중요한 순간들이 고스란히 문화유산으로 남겨져 있을 뿐만 아니라 발길 닿는 곳곳마다 명소에 대한 설화와 전설 등 많은 이야기가 전해오고 있습니다. 그러나 DMZ접경 지역으로써 아직도 연천군의 상당부분이 미수복 지역으로 남겨져 있어 해방과 한국전쟁 전후로 문화의 단절은 물론 각종 규제로 정상적인 지역발전이 저해됨과 더불어 연천군 정체성 회복에도 상당한 영향을 받고 있다고 해도 과언이 아닙니다.

최근에는 '연천임진강 생물권보전지역'과 '한탄강 유네스코

세계지질공원' 등 유네스코 2관왕 도시로써 역사문화를 포함하여 자연생태의 우수성이 국제적으로도 인정받아 유네스코 복합 지정지역으로써 교육과 관광도시로써 발돋움하고 있습니다.

이런 가운데 한탄강문학상 개최는 내 외부의 많은 사람들의 시선으로 연천의 다양한 문화콘텐츠 확보와 더불어 한탄강문학상을 매개로 연천을 널리 알리는 좋은 계기가 될 것이라고 생각합니다.

그동안 한탄강문학상을 추진하면서 물심양면으로 노고가 크셨을 (재)종자와시인박물관 관장님과 한탄강문학상 운영위원회 여러분께 깊은 감사를 드립니다.

아울러 이 작품집이 우리 군민들에게는 연천군민으로서 더욱 자긍심을 심어줄 수 있는 소중한 자료로써 또한 대내외에 연천군을 알리는데도 널리 활용될 수 있기를 바랍니다.

다시 한 번 작품집 발간을 축하드리며, 발간을 위해 노력하신 모든 관계자 여러분께 격려와 감사의 말씀을 전합니다. 또한, 앞으로 한탄강문학상의 발전과 더불어 우리나라 문학발전에도 크게 이바지할 수 있기를 진심으로 기원합니다.

감사합니다.

2022. 1.

연천군수 김 광 철

|차례|

|수상작 및 신작|

|심사위원 대표작 감상|

김영욱(필명 김이응)

호사비오리 외 9편

서울 태생, 이화여자대학교 교육학과를 졸업하고 인하대학교 대학원에서 한국문학으로 박사과정을 수료했다. 해운회사와 출판사 근무 후 그림책 연구와 아동청소년문학 작가 겸 번역자로 활동하고 있다.
2021년 <시산맥>을 통해 시인으로 등단했다.
제1회 직지신인문학상 시 당선(2018), 대한민국독도문예대전 문학부 대상(2019), 월명문학상 당선(2019), 14회 한국해양재단 해양문학상 금상(2020) 등의 수상 경력이 있다.

호사비오리* 외 9편

길가 오 리(五里)마다 서 있는 오리나무는
고향집 오라비 같은 조선오리나무

비 오는 날이면 짝 잃은 나막신 하나
삼천리를 마다 않고 떠내려 와
검둥오리처럼 웅덩이에 동동 떠다니는데,

시커먼 숲 그늘이 산봉오리 넘보면
물갈퀴를 감추고
오리 떼로 날아오르고

멍석그늘 위로 흐르는 구름
풀무불로 뒤집느라 얼굴 익어버린 홀아비는
댕기머리 늘어뜨린 어린 각시
못내 기다리는지,

노을 벌겋게 달아오르면
눈이 매워 함지박에 눈물범벅 비비고

가마에서 푹푹 삶아지는 토종 오리마저도
진흙 속에 부리를 박고 뿌리를 내리려는데,

사방오리 아니요 물오리도 아니요
털 없는 천둥벌거숭이
조선토박이

오 리 마다 이정표로 서 있는 오리나무는
우수리 강가에서 시베리아 벌판에서
날아들던 호사비오리
올려다보고

바람 부는 날마다
날갯짓을 시늉하던 삼십년,
신원미상 노숙자
미수(米壽)의 홀아비는
죽도록 고향말투 버리질 않고

*오리과의 겨울철새로써, 우리나라에서 사라진지 62년 만인 1988년에 강원도 남대천에서 한 쌍이 시체로 발견된 걸 마지막으로 다시는 볼 수 없을 것 같았으나, 최근 철원과 춘천 등지에서 이따금 작은 무리가 발견되고 있다.

우유니사막의 수태고지

물병자리에서 넘쳐흐른 은하수가 몇 백 광년쯤 떨어진 블랙홀에 한 방울 떨어져
천사들의 나팔관이 열리고 차가운 자궁 속에선 물고기가 자라나기 시작했대

지금도 따뜻한 양수에서 어미의 배를 차고 놀아 아랫배엔 갈라진 임신선이 가득한데도

그러면 어미는 데굴데굴 굴러, 둥근 것이 원죄인 양
부풀어 올라, 보름달처럼
사막이 우주를 되비치는 거대한 거울이 될 때까지

뭇별들만큼 많은 소금결정이 물고기의 눈물이란 건 빙하기의 바다만이 알고 있는 태곳적 비밀

누군가는 누설의 죄로 가시 많은 선인장이 되었다고
아직도 믿고 있는 잉카인들은 태양신의 무덤을 달의 등뒤로 옮겨다놓고

한 꼬집 집어 먹은 소금에서도 젖비린내가 나는 사막은
얇은 양막이 지구만한 알을 감싸고 있는 형상이라

달무리를 빨아먹고 무거워진 태평양이 어느 때에 양수
를 터트릴지는
아무도 모르겠지만, 귀 기울여 듣는 태아의 심박동소리,

우리들 움푹 팬 배꼽도 신의 눈물이 고인 우물이란 걸
미리부터 알아버려 눈 먼 심해어들이 태양의 탯줄에 묶
어두었다는 비행접시 소문에 홀려

휴가를 온 사람들도 휴거를 기다리는
우유빛깔 우유니사막에서, 우리 울지 말고 이별해.

나비뼈

흰 국화꽃에 취한
엄마는 두개골 속에 나비를 숨겨두셨습니다

조심하세요,
한 줌도 되지 않는 분가루
마른 흐느낌으로 날려 보낼 수 있으니까요

한파가 몰아치는 계절,
숨을 쉴 때마다
코곁굴*로 바람이 드나듭니다

입김이라도 후하게 불면
벌렁대는 콧구멍 뒤편,
좁다란 사골동 계곡으로 안개가 차오릅니다

여름날부터 긴 잠에든 엄마는
환생을 꿈꾸시는지 깨어나지 않고

서리꽃 핀 창문으로

유리창떠들썩팔랑나비의 날갯짓이
먹그림으로 접히는 때,

애벌레 한 마리
온몸으로 꼬물꼬물 짜놓은 진액이
또르르, 은판 위로 굴러와
몇 개의 붉은 점**으로 뭉쳐있습니다

보세요, 두개골의 X-레이,
웃는 광대뼈 속은 텅 비어 있어
남모를 근심을 고치로 말아둔 나비 한 마리,

멸종된 계절들의 기억을 들춰내면
빙하기의 흔적까지 녹아버릴까,

바람이 대신 울어
젖은 날개가 무거웠나봅니다
눈물이 속으로만 흘러
살아있는 화석이 되었나봅니다

조심하세요,

모시처럼 얇은 날개 뼛조각들,

눈가루처럼 바스러질 수 있으니까요

*코겹굴 : 부비동
**5-6월에 번식을 하고 여름잠을 자는 것으로 알려진 멸종 위기에 처한 붉은 점모시나비.

아버지의 무릉도원

아버지는 태풍 사라*와 동갑내기,
그녀의 치맛자락이 쓸고 지나간 오십천 물길 따라 가시려나
하롱하롱 복사꽃잎 떨어지는 봄날에
대게를 부려놓은 포구에는
흥정하는 손가락질이 정신 사나운데
뱃전에는 오십견을 앓는 뱃사람들의 술추렴이 한창이다
평생을 까칠하던 아버지의 폐원(閉園)에서
귀문 들린 가지하나 동(東)으로 명줄을 길게 뻗어
푸른 바다 속에 무릉도원을 열었을까
도화살 스며든 대게의 등딱지들이 붉어진 사월
일출을 보러가는 나그네에겐
황장재 너머 영덕까지 꽃길 삼십 리
오늘은 나도 홀가분히 뼈만 추려 들고 가는데
싹둑, 삼대의 내력을 가지치고서
저고리의 살비듬까지 탈탈 털어간 형제들이 떠올라
어디 접붙일 곳도 없는 나비처럼
홀로 목울대를 넘지 못하고 파르르 떨다가
낙찰 떨어진 선원들의 발등 위로
툭 불어진 복숭아뼈를 본다

그 옛날 동방삭은 복숭아 세 알을 훔쳐 먹고
삼천 년을 살았다는데
한 평생 복숭아밭을 일궈놓고도
육십갑자 한 바퀴마저 돌지 못한 아버지를
태양이 떠오르는 바다에 재로 뿌린다
난전의 바구니에 쌓인 대게의 잘린 다리에서도
울끈불끈 뿌리가 자라나고 있을까,
아버지가 그랬지, 황장재에 복사꽃이 만발하면
영덕에는 대게가 한창이라고,
햇살을 비벼 단내를 슬어놓는 바닷바람에
콧등이 욱신거린다

*안동에서 영덕으로 넘어가는 길, 현재 34번 국도변에 위치한 황장재는 사월이면 분홍물결로 넘실거리는데, 이는 1959년 태풍 사라로 황폐해진 이곳에 주민들이 복숭아나무를 심은 것에서 비롯한다.

곶자왈 숨골이란 곳

곶, 그늘이 우거져 나무와 덩굴이 엉클어져 쪼개진 자갈로 태반을 덮은 자왈, 가시낭에 둘러싸인 요새 속에서 남몰래 자라나는 태고의 숲으로 가자

오름과 오름 사이, 음지의 미궁으로 햇살이 빛줄기로 늘어 뜨린 배꼽을 묶은 아기의 대천문이 닫히기 전에, 선흘은 착한 기운이 흐르는 동네,

오른쪽으로 칡넝쿨을 감아올리고 왼쪽으로는 등줄기를 감아올려 서서히 목숨을 조여 오는 탯줄을 끊자

가는쇠고사리의 젖은 손을 잡아주는 잔뿌리처럼 돌멩이를 선물하는 처녀의 식은 마음은 미움이 아냐, 서로의 허물을 벗겨주고 서로의 맨몸을 핥아주는 목줄 긴 것들의 연두빛깔 배냇짓,

몸 안에서 마그마가 흐른다, 소나무의 갑옷을 뚫고 늘 푸른 하지정맥에 짐승의 피를 수혈하러 으르렁거리는 모기, 짧거나 긴 두 줄기 나선으로 꼬인 모스부호로 구조신

호를 보내자

폐동맥이 대동맥을 건너가는 심해 어디쯤, 폭발 직전의 마지막 적막이 작렬하는 검붉은 심장은 이심방이심실,

미어져 미어터진 은하수를 잡아당겨 숲의 양수를 가득 채운 나뭇가지를 꺾어, 뱀인 양 미로인 양 더듬더듬 기어가는 가시꽃 면류관을 뒤집어쓴 늙은 아기에게 젖을 물리자

쓰러진 고목 아래 양치식물들이 더불어 사는 여기는 함몰된 숨골, 핏줄끼리 서로를 누르고 눌리면서 정글의 나이테를 졸라매는 천지간에 갈등을 숨겨온 숲속의 섬,

가자, 숨 막히도록 치열했던 활화산의 무덤으로, 끝까지 불모의 태초로 되돌아가려고 끊임없이 끝을 생산하는 곶자왈로, 가자, 좌우지간에 끈끈한 서로의 손은 놓고서

미로역(未老驛)

철로는 녹슨 척추 뼈를 구부려
역 앞에 엎드렸다

웅크린 발치에선 산맥을 넘어 온
안동 발 비둘기가 날개를 접고
쉬어갈 간이역으로
그을린 그림자를 끌고 오고

강릉 가는 무궁화는
어느 적에 떠난 영주냐며
지난여름의 기억처럼 벌써 시들한데

인생의 오십천을 돌고 돌아
고샅길로 들어서는 검정 고무신 하나

아무리 둘러봐도 아무 것도 없는
끝 모를 허허벌판을 지팡이로 더듬어
석탄 캐던 갱도보다 어지러운 미로처럼 헤맨다

이제는 푸른 바다로 떠날 일만 남은
눈썹 흰 겨울 아침

삐걱대는 침목에 주저앉은 허리 굽은 탄부 하나
콧김을 내뿜고 떠나간 화물열차처럼
점점 더 작아지는데

삼척에 가면 있다는 늙지 않는 역 하나

붉은점모시나비*

사그락사그락
시간의 고치 속에 앉아 있던 나비가
두 눈에 하얀 가루를 뿌리고 있다

유난스레 더위를 타는
엄마의 입속에서
모시실이 가늘게 나오고
갈라진 입술에 핏방울이 맺히고 있다

유월의 윤달,
주름진 번데기를 벗은
나비는 눈부신 날개를 펼치고
직접 짠 모시로
엄마는 마지막 옷을 지어 입고

날개를 펼친 지 겨우 보름,
햇살의 확확한 촉감마저 거풍하려는
네 겹의 날개가 여름잠을 휘감아
그림자마저 바스러지던 밤

마침내 날숨에 가벼워진
마지막 인사, 고치 속
엄마의 배냇짓일까

둥실하게 부푼 치마 속에서
알을 깐 저 달처럼
잠결에 덤으로 얻은 듯한
십삼 월의 윤달

발그레한 두 개의 점이
새 신부 같던 나비 한 마리
날아오르고
사그락사그락
첫 눈 녹는 소리가 하얗게 들려온다

*우리나라에 서식하는 멸종위기의 나비로, 한겨울에도 살아갈 수 있으나
유난스레 더위를 타서 여름잠을 잔다.

흰개미의 집

거대한 비석들이 줄지어 있는 공동묘지,
넓적한 면들이 동서쪽을 향해 서있습니다
아침햇살이 동쪽 면에 걸어둔 수의를 말리고
서쪽 면의 석양빛이 저녁기도를 성스럽게 해주는
고딕성당 첨탑처럼 꼭대기가 뾰족뾰족합니다
투구를 쓴 병정들만 보초를 서고 가는 하루 종일
길고 짧은 그림자가 지하수맥으로 이어져
여왕의 잠든 방을 서늘하게 해줍니다
지하묘지에는
위대한 건축가의 유해도 안장되어 있습니다
돔처럼 둥근 알 속에는 환생을 기다리는
미라들이 다음 생을 기다리고
천 년 넘게 명성을 지켜온 피라미드처럼
도굴꾼이 찾아와 허물어버리기 전까지는
각자가 분양 받은 방이 관이 될 때까지
발 뻗고 편히 잘 수 있는
영구임대 아파트입니다
마른번개에 벽이 갈라지더라도
일꾼들이 한 덩이씩 지고 나른 모래알로

죽은 이웃의 사체를 덮고
눈물로 뭉친 흙으로 매일 조금씩
높이를 쌓아올리는 천 층짜리 초고층아파트,
두바이의 버즈 칼리파가 부럽지 않습니다
원주민들을 쫓아낸 땅,
호주 리치필드 국립공원에는
몸집 작은 이백 만 주민들이
죽은 자와 함께 살아가는
흰개미들의 대단지 아파트가 있습니다

통곡의 벽

서쪽 벽만 남고 모두 허물어졌다

키파를 쓴 유대의 랍비들이
히잡을 쓴 무슬림 여인들이
흐느낌 위에 흐느낌을 쌓아도

메노라 촛대 위의 양초처럼
허물어지고 있다

서릿발로 가슴을 채찍질한다 해도
얼음송곳으로 발등에 못을 박는다 해도

알아들을 수 없는
기도소리와 마른 눈물만이
드라이아이스처럼 증발하고 있다

불타는 예루살렘이 뜨거워
솔로몬의 성전도 모세의 기적도
다시는 볼 수 없어

세상은 시한부 선고를 받은

울음바다가 되고

방주에 실려 온 아이들의 미래는
자궁 밖으로 꺼내놓을 수 없어

십자가를 지고
설산으로 오른다 해도

지구의 천장부터
깎아지른 빙산을 타고
어린 양떼들도 헤엄을 배우고 있다

빙벽에 이마를 찧어대도
크레바스에 기도문을 끼워 넣어도

메카를 지나 아우슈비츠를 지나 시베리아동토까지
열차를 멈춰 세울 수 없던
통곡의 가속도로

눈물의 수위가 가팔라지고 있다

이제는 촛대를 건져
가시면류관을 쓴 자유의 여신에게 건네줄 때
차라리 아이를 낳지 못하는 여자들이 행복하다고 고백할 때*

나머지 서쪽 벽도 허물어지고 있다

*"예루살렘의 여인들아. 나를 위해 너와 네 자녀들을 위해 울어라. 아기를 낳지 못하는 여자들이 행복하다고 말할 때가 이제 곧 올 것이다."(루가복음 23장 28절)

히말라야 야명조

서 있을 때는 발바닥만큼만 내 것이었다
맞은편 건물이 몇 층까지 올라가든
나와는 아무래도 상관이 없었다
얼마나 더 올라갈지 물어볼 때마다
대답은 늘 산으로 갔다

도시를 등지고 산으로 간 친구는
온 종일 별을 켜둔 하늘이 천장이라
아무데서나 구름을 깔아도 좋은
히말라야에서
누웠을 때에야 많은 걸 가진 줄 알았겠다

방에서 방을 옮기듯
발을 딛는 만큼 하늘이 가까워져
달에도 베이스캠프 하나쯤 만들 줄 알았겠다

평생 제 집 하나 짓지 못했다고
밤새도록 울어대는 설산의 새처럼
만삭의 달빛도

쪼개진 달방에 세든 걸 알았을까

남의 땅에 첫 발자국을 남긴
우주인처럼,
그림자만큼도 제 것이 아니란 걸,
새들은 알았을까

발 없는 새가 되고 싶던
친구는 메아리 한 번 보내지 못하고
산봉우리 하나 베고 눕지도 못했겠다

내간체 노래 외 2편

이 노래는 부를 수 없는 노래
우물만 기억하는 아무나 베낄 수 없는 노래
흰 빨래 검게 빨고 검은 빨래 희게 빨던
외할머니로부터 어머니로
줄줄이 외줄로 이어져온 긴긴 노래

하늘 천 땅 지 공자 왈 맹자 왈
딴 나라 큰 나라 아들들을 모시던 나라에서
나오자마자 버려진 갓난이들이
배꼽 아래 선그믓이 죄라서 죄인이 된
이모 고모 아주매들이
그저 먼저 부르고 그저 나중 부르고
따라도 부르고 따로도 부르다
보도시 떼로 부르게 된 이 노래는
끝나도 끝날 줄 모르던 돌림노래

어떤 날엔 애기똥풀, 처녀치마, 광대수염이 깔깔대다
꼭두새벽 박주가리, 며느리밑씻개가 찔찔 짜다
각시나방처럼 훨훨 저승나비처럼 훨훨 날아가고픈

매일이 아닌 오늘을 사는 가슴팍에서
끊길 듯 말듯 기다랗게 녹일 듯 말 듯 서느렇게

날마다 밤마다 손바닥 비비던 우물가에서
애간장 태운 몸뚱이로 흐르던
눈물을 삼키며 부르던 이 노래는
눈멀고 귀 먹고 겨우겨우 글씨 익힌
우리네 할머니들이 부르던
이제는 아무도 부를 수 없게 된 노래

출렁이는 첫

우듬지와 우듬지 사이로
다리가 걸려 있다

발아래 펼쳐진 단풍은 별천지 같은데
아파트 동과 동 사이에서처럼 으르렁거리는 바람에
외줄로 기다랗게 늘어선 사람들

앞사람을 방패로 세웠지만
차마 떨어지지 않는 발걸음으로
벌벌 떨고 있다

허공으로 길을 트는
메타세쿼이아 호위병이 찌른 창끝에
서쪽 하늘부터 붉게 멍이 드는 가을날

살면서 한 번쯤은 유리천장을 뚫고
속 시원히 솟구치고도 싶었지만
멈춰서면
흔들리는 줄 위의 인생으로
뒷걸음칠 수도 없는 수직의 고단함이 몰려든다

나무의 눈높이로
어름서니가 걸어온 직선의 길 아래
굽실굽실 흘러가는 물줄기를 알아볼 때까지
무거워진 마음이 추락할까
두려워진 사람들

가끔은 비명과 환호가 헷갈리지만
눈을 감으면
메아리도 무지개로 환생하지만

돌아갈 일을 생각하면
화석처럼 굳어져
흔들리며
바람에 업혀가는 첫 공중부양

내생으로 건너가는 길도 이와 같을까

화두도 무거워
허방을 딛고 도움닫기 하는
이생의 하루가 짧다

숲의 기억법

밑동부터 꼬리치는 어린 은사시나무들의 몸부림
그 옛날 허공 속에서도 물고기가 살았으니
산산이 부서진 비늘들이 불러들이는 심해의 기억
푸른 지느러미를 퍼덕이며 물의 나이테를 맞추고 있다
하나의 덩어리는 언젠가 조각나기 마련이겠지만
수수께끼로 떠도는 빗소리들
얼핏 똑같은 무늬인 듯해도
가만가만 더듬어보면 뿌리가 같은 어종
수 억 마리 치어들의 울음을 삼킨 숲이
물컹, 비린내를 뱉어내는 장맛비 오는 밤
하나하나 속 깊고 어두운 토기들
야생의 습성대로 웅크리고 있다
끊어질 듯 이어지는 계절과 계절 사이에서
파도를 만드는 나무들
하늘 끝까지 자맥질하고 싶지만
가물가물 흔들리는 구름의 등을 밟고 있다
우듬지로 올라갈수록 그리워지는 흙 내음
이어붙인 틈새로 새어나오는 곤죽
어느 도공의 손아귀에서 다시 뭉쳐져
물빛 도자기의 형체를 서서히 드러내고 있다

새벽녘 물안개가 피어오르는 산은 거대한 가마
새들의 풀무질이 푸덕이는 아궁이에서
햇덩이가 발그레 달궈지면
은비늘 위로 소금 결정을 밀어올리고
물구나무 자세로 침묵에 든 물고기 떼
그 옛날 바다 속에서도 꼿꼿하게 살았으니
여우비가 내리거나 폭우가 쏟아지는 날이면
은사시 은사시, 빗방울을 희뜩이며 칼춤을 춘다
도달하고픈 욕망의 높이만큼 바람을 가른다

수상소감

당선 소식을 듣고, 쌀 한 톨에 반야심경을 새긴 타악기 연주자 흑우(黑雨) 김대환 선생이 떠올랐습니다. 으깨지기 쉬운 쌀 한 톨에 우주를 담은 것이니, 과연 신의 손을 가진 분이란 생각이 들었습니다. 하지만 어느 전각자들도 하지 못한 극미각(極微刻)의 세계를 개척한 그 분이 보여주신 예술을 대하는 자세야말로 제게 시 역시 온몸으로 쓰일 수밖에 없음을 다시금 확인시켜 주었습니다. 솔직히 말해, 지금껏 한 편의 시를 위해 백지를 마주할 때마다 느껴온 공포심의 정체는 제 자신을 내려놓지 못하는 얄팍한 자존심이었습니다. 이를테면 '이건 내 시니까 내가 빠져서는 안 돼' 라며, 어깨에 잔뜩 들어간 힘을 빼지 못했습니다. 아주 오래전에 인상적으로 본 영화 〈시인의 피〉에서 장 콕토의 분신 격인 주인공은 시를 받아 적기 위해 라디오의 주파수를 맞추던데, 저는 그것마저도 낭만적인 시인의 자세라며 무시해버렸습니다.

그러던 어느 날, 제 인생에도 불청객들이 들이닥치고, 그렇게 신산한 계절을 몇 차례 떠나보내고 나서야 비로소 이 우주는 자전하는 인생들이 서로 얽히고설킨 산전수전의 인드라망이란 걸 몸으로 깨우치게 되었습니다. 그 덕분에 흑우의 '모든 예술은 기의 표현이고, 기의 자연스런 발산을 위해서는 모든 것을 머리에 익히려 하지 말고 몸에 스며들게 해야 한다.'는 말씀이 저를 시인으로 거듭나게 해주었습니다. 그리고 언제인가부터는 이 우주의 모든 미물들은 저마다 고유의 별을 품고 있는 씨앗이라고 믿게 되었습니다. 지금 이 순간에도 무궁동의 소음 속에서 명멸하는 별들이 있습니다. 그 별들 속에는 미래의 시인들이 묻어 둔 시어들이 숨겨져 있습니다. 저는 그저 그것들을 조심스럽게 받아 이리저리 뿌려보려 합니다. 제가 감히 쌀 한 톨에 우주를 담을 수는 없기에, 좀 더 몸을 낮추어 씨앗이 발아할 수 있는 너른 대지가 되어볼까 합니다.

별안간 모르는 번호로 걸려온 당선 소식을 듣고, 사막의 밤하늘을 떠올렸습니다. 음악처럼 내리는 별똥별을 선물해주셔서 감사합니다. 응모된 수많은 시편들 속에서 제 시를 골라주신 심사위원님들과 제 주파수가 운이 좋게 맞았다고 생각합니다. 오래 기뻐하지 않겠습니다. 하지만 〈한탄강문학상〉을 마련해주신 종자와시인박물관 측에도 감사의 말씀은 꼭 드리고 떠나고 싶습니다.

정정례

붉은 기린 외 9편

월간 〈유심〉 신인문학상
시집 『시간이 머무른 곳』, 『숲』, 『덤불설계도』, 『한 그릇의 구름』,
『달은 온몸이 귀다』, 『시래기 꽃피다』
〈대전일보〉 신춘문예 당선, 천강문학상, 한올문학상, 호미문학상 수상
대한민국미술대전(국전) 우수상 수상(서양화)
현재 삼정문학관 관장, 사임당문학 시문회 회장

붉은 기린 외 9편

철문 굳게 닫혀있는 공사장 안쪽
기린 한 마리 이쪽을 넘겨다보고 있다
긴 목을 더 길게 빼고
붉은 노을을 뜯어 먹으려 하고 있다

초원 같은 건 모른다
한 몇 달 움직이지도 않는 기린
삐죽삐죽 자라는 철근들은 뜯어먹을 생각도 않고
긴 목으로 나르던 공중이
녹스는 소리를 듣고 있다

풀밭이 부도가 났다
그래서 함부로 뜯어먹을 수 없다
그 사이 황사가 불어오고 저 아래 화단엔
팬지꽃이 피어나고 개나리가
새로운 공사를 시작했다

어느 날부터 기린은
부릉부릉 거리는 엔진을 갖고 싶은 눈치다

검은 연기 풀풀 날리며
이쪽 공중과 저쪽 공중을 연결하고 싶은 눈치다

털갈이 때도 아닌데 붉은 털만 돋아나는데
아무도 기린이라 불러주지 않는다
더 붉은 털 자라기 전에 빨리
풀밭 공사를 끝내고 싶을 뿐이다

겹, 이라는 말

겹이라는 말은 참 인정스럽다
몇 겹이라는 말은 힘이 세고
두텁고 포근해 보이는 외투를 닮았다
겹이라는 말에는
할머니의 피난 기차가 들어있고
아버지의 무용담이 술잔 속에 쌓여있다
그리고 그 튼튼한 겹은
내 기억의 반경에 묶여있다

장미는 제 속을 아득하게 하는 방법으로
겹을 사용한다
꽃잎마다 겹겹의 향기를 모아두고
나비의 날개를 접어둔다
이삿짐 속의 포개진 접시들과 이불
철 지난 옷들의 자세로
나비는 봄에서 여름까지 난다

겹을 휘감으면 끊이지 않는 무늬가 되고
굽이굽이 산등성이가 있다

국수집 면장의 손에서 불어나던

면발의 방법론 탕탕 바닥을 칠 때마다

배수로 늘어나던 숫자

겹겹이라는 말

불 없는 시간 동안 꿈꾸었던 말일 것이다

그 긴 시간을 지나면서

인간의 체온이 정해졌다 생각하면

참 아득한 말이지만

그 말의 끝에도 겹, 이라는 말이

단추를 잠그고 있다

현악기

한겨울 할당된 저의 음(音)
다 부려놓으려 밤낮으로 쩡쩡 울린다

한겨울, 한탄강엔
쩡쩡 긴 금이 가는 소리
강변과 앞산이 서로 힘껏 당겨
현악기 줄 조이는 것이다

아마도 육 현은 넘는 것 같고
열두 줄 현을 거는 것 같다
줄은 미동도 없고 다만

공명통은 열길 깊이로 울리고
지느러미들이 붙어있다
바람이 자진하듯
줄에 감겼다 가는 것이다

기러기발[雁足]이 밟고 있는
봄이 오면 철거될 저 현들

돌을 맞아도 아이가 지나가도
물고기들의 잠이 깊어도
아랑곳 않고 쩡쩡 울리는

유랑극단

술청에서는 찌그러진 술잔이 절친한 친구다
관절 인형처럼 일인극을 하고 있는 남자는
분장이 필요 없는 배역이다
뻗친 머리카락마다 남자를 떠난 회절(回折)이
형광등 불빛보다 희다

소매자락이 술잔을 스칠 때
풀어헤친 말들은 다 대꾸가 된다
누군가 그의 손을 조정하고 있는 듯
쉴 새 없이 떨리고 있다
술잔도 하나고 숟가락도 하나인데
남자의 입엔 두 명의 대화가 있다
하소연 전문 배우라는 듯 혹은 분노의 고정역할인 듯
꾸짖다가 눈 치켜뜨고 으름장을 놓는다
투명 실이 손끝에 묶여있는 복화술의 공연
누구나 고민 한 두 가지는 품고 있고
그것들은 가장 식상한 세상의 일들이겠지

술의 연극에 취객으로

오래 앉아있는 남자
입안에 살고 있던 것들 뛰쳐나오면
술 취한 귀로 듣는 일인극
강호를 주유하면서 쇠락한 극단
처음도 끝도 없는 공연이 술잔을 비우고 또 채운다

다 떠나고 혼자 남은 일인극단
여전히 누군가 남자의 손을 조종하고 있는 듯
허름한 무대만 찾아다니는 푸념 극
문 닫을 시간을 향해 더 늘거나 줄지도 않는 술병처럼
누군가 일어서라면 마지못해 일어서겠다는 듯
찌그러진 술을 털어 넣는 남자

싱거운 햇살 무정차로 지나간다

비어있는 집 문간으로
온갖 잡풀들이 드나들고 있다
초록의 무법지대를 어슬렁거리는 나비들
한여름 낮잠에 든 빈집은
게으른 한 마리 짐승 같다
치솟는 초록의 털끝에서 노랑 혹은 보라색 꽃이 핀다
처마 끝으로 불룩하게 배를 불렸다
저녁이면 온통 배고픈 집
누군가 단단히 매어두고 간 빈집

살다 보면 챙기고 가야 될 것보다
버리고 갈 것들이 더 많을 때가 있다
입 줄어든 그릇들
북적거리던 허기마저 말끔히 비어있다
다시 남루한 시간을 살기 싫어서 쓰던 달력도 두고 갔다
벽에 걸린 예비군 군복에
바느질 촘촘한 가장의 이름이 매달려있다

고추가 말랐음직한 멍석 위로

싱거운 햇살 무정차로 지나가다
지붕 위에서 멈칫 뒤돌아본다
버려두고 간 제기 한 벌
유치한 옻 칠 드문드문 벗겨져 있다
올 추석엔 새 그릇에 밥을 받아먹던가
굶는 어느 조상이 있을 것 같다

도망치듯 빠져나간 흔적들
운동화 한 짝이 툇마루에 엎드려있다
맑은 보름달과 흐린 보름달이 뜨는
추석이 있다

475, 368

아직도 후쿠오카 감옥엔
두 사람의 수인 번호가 있습니다
475, 368,
마치 별들의 집회 같은 숫자들
두 사람의 번호를 섞으면
345678 아,
이것은 혹시 현해탄 건너는
귀국선의 선실번호는 아니었을까요
소금물로 매일 절여지다가
바다로 넘실거렸을까요
하늘과 바람과 별과 시를 노래한
입술이 타들어 가고 살갗이 짓물러가고
심장이 터질 때까지
475, 368,
타국의 감옥 속 장면이 흑백으로 식어간다

밤을 기다리는 일은 별을 기다리는 일이라고
토닥토닥

일식

작년에 심은 감나무에
풋감 하나 달렸다
파란색 풋감을 지나가는 태양
태양이 풋감을 품었다 꺼냈다 하는
여름부터 가을까지
삼백일 정도는 일식이 든다
그럴 때마다 풋감은 몸이 불어갔다
어쩌다 흐린 날이면 풋감은 떫은 잠을 잤다

키 낮은 감나무, 풋감을 눈앞에 두면
눈부신 태양이 어느 순간
노릇하게 들어왔다 나가곤 했다
그 출입이 조마조마했다
일생이 매달린 것이거나
또는 일생을 매달고 있는 것들의
어영부영 무거워지는 일식
파란색은 다 날아가고 떨어지면
깨질 것도 없어 터지고야 말 홍시의 계절
태양은 말랑말랑해진다

오래 앓고 있는 병석에서는 그래서

홍시 냄새가 났었다

풋감 속으로 심전도 그래프가 일정하다

눈꺼풀 벌리고 불빛을 비추는

짧은 일식의 순간

그 눈감은 홍시 속에 반달 같은

씨앗 몇 개 들어 있다는 선고

맑은 날은 일식을 통해 태양을 도태시킨다

태양이 들어왔다 나간 풋감

왜 반달을 닮은 씨가 들어 있을까

천천히 눈 감았다 뜨면 홍시 하나 터진 듯 햇살이 달다

언젠가 압정 한 통을 쏟은 적 있다

이것은 몸을 돌아다니는 기형입니다

뒤척일 때마다 걸리는 곳 긁적일 때마다 따끔거리는 부위 밤나무 밑에서 원한 진 적 없고 탱자나무 아래서 눈 흘긴 적 없습니다 이것은 아마도 언젠가 쏟고 줍지 못한 압정입니다 기침을 할 때마다 명치가 따끔 거립니다 박힌 곳마다 자국을 남기고 있는 압정입니다

몸살의 며칠을 꾹 눌러 고정해 놓고 있습니다
이불 속에 눌려 기침만 펄럭거리고 있습니다

이것은 숨어서 제가 박힐 곳 기다리는 뾰족한 끝입니다 둥근 머리에 뾰족한 혓바닥이어서 입속에서 부지불식간에 튀어 나갑니다 한번 박히면 손톱으로 빼내야만 합니다 팔다리가 없는 혀 이빨 귀 닫고 눈 감고 천 리를 굴러가 따끔, 박힙니다

누구든 처음 만나면 물어볼 것입니다 언젠가 압정 한 통 쏟은 적 있냐고 쏟은 압정에 찔린 적 있냐고 발목을

잡는다는 말은 수정되어야 합니다 어딘가 숨어서 당신의 발목이 아닌 발바닥을 노리고 있는 압정이 분명 있으니까요

그렇지만 압정은 감정이 있는 통증이어서 잘 달래서 툭툭 털면 가끔은 잘 떨어지기도 합니다

야크 배낭

히말라야 트래킹 대열에
몇 마리 야크가 섞여 있다
고도 육천 미터
제 몸무게보다 더 무거운 짐을 지고 간다
문득, 저처럼 완벽한 배낭이 없다는 생각
가끔 숨을 헐떡거리는 동안에도
그 입 벌리고 있는 동안에도
내용물 하나 흘리지 않는 야크의 야무진 등
목줄마다 제 이름을 달고 있다
산을 가로지르는 길을
지퍼처럼 열고 가는 뿔의 선두들
야크 사람 길 나무 모두들 씩씩거리는 산길
야크의 등에서 무럭무럭 피어나는 히말라야 안개가
고산의 허리를 찜질하고 있다
숨기는 것 없는 투명한 등짐
짐을 내리면 다시 빈 배낭이 되는 등

주인은 잠시 쉴 때마다
임신한 야크의 배를 쓰다듬어준다

뱃속에 든 또 다른 배낭이 이제 막
눈이 생기거나 톡 하고 작은 뿔이 자라나는 중이거나
발굽이 단단해지고 있을 것이다

야크 몇 마리가 서서 지나온 길을 내려다보고 있다
한 마을이 가물가물 닫히고 있다
사람들이 살고 있는 마을이다

시래기 꽃피다

시래기를 끓인다
흰서리가 풀풀 뚜껑을 들썩인다
담벼락 맛이기도 하고
엮어진 것들이
풀어지는 맛이기도 하다

묵직하게 달려있던
구근들은 모두 어디로 갔을까
마른 시래기에는
바스락거리는 소리가 들어있다
한소끔 끓다 보면 풋내가 사라지고
땅 맛을 잃어간다

보글보글 꽃잎 피워내던 푸른 날들
기름진 땅의 숨결이 느껴지고
뜨거운 태양을 땅 밑으로 실어 나르던
파릇한 이파리의 시간이 들린다

누렇게 뜬 햇볕을 삶는다

감칠맛은 꼭 오후의 석양 같다
기꺼이 당신 안으로 스며들어
당신의 온몸을 돌며
생각하고 느끼고 말하는 일들을 참견하고 싶은
똑딱 일초에 한 바퀴씩
당신 몸을 돌고 돌아오는 맛

새살이 돋고 피가 돌 듯
한 숟가락 또 한 숟가락
당신 몸속에 꽃길이 생기는 한 그릇
시래기 국

유곽 외 2편

유곽에는 유곽의 불빛이 담긴 등(燈)이 있었다
그리고 유곽에는 유곽의 달이 필요하다
봄에 떠난 흰 꽃들이 도착하는 곳
목련꽃송이에 방을 얻고 수줍은 사월이 머무르다 간다
벚꽃은 자잘한 넓이여서 사내들이 머무르기에 좋고
화르르 날리는 감언이설(甘言利說)이 소녀들의 귀에
귀걸이로 걸린다

여름이면 소나무 방 앞에 먹구름 불러 세워 커튼을 치고
천둥번개로 등(燈)을 단다
청춘이 늙으면 저 작은 그늘을 저어
따끔거리는 바람을 맞을까
송화가루 날리고 감꽃이 떨어지고
개구리 입 떨어지는 절기나 하릴없이 참견할까

가을이면 모든 등 다 끄고
붉게 물든 단풍나무 방에 약관의 나이, 어리둥절한 젊은
시인을 모실까
달빛은 맑고 풀벌레 소리에 누룩을 섞어 만든

감 맛 같기도 하고 무화과 맛 같기도 한 술을 대접할까

겨울엔 바위들도 흰 살이 불어
입성 좋은 손님 같다
동백을 곁에 두고 묵직한 속내라도 넌지시 건네 볼까
뚝뚝 떨어져 내리던 지난봄을 위로할까

새벽 세 시 어둠이 서쪽으로 막 쏟아지고 있을 시간
지금을 어느 계절이라 정하면 좋을까
마지막 등을 끄면 고요해지는
정원이라 하기에는 큰 공원에 모든 방들이 문을 닫는다

후미

운구차를 놓치고 운구차를 따라간다
수시로 끼어드는 차량들 사이에서
사거리를 지나고 또 작은 사거리에서 놓친 운구차의 후미
색색의 차량들이 꽁무니에서 꽁무니로 이어진다
몇 번의 신호와 끼어들기 끝
어쩌면 간신히 놓친 죽음, 다행히
멀어진 죽음과의 거리를 재며 죽음을 따라간다
허둥대면서 무단횡단을 피해 가면서
방지 턱을 부주의하게 넘으면서
짐작으로 따라가는 아침 화살표 하나를 만난다
다시 들어선 죽음의 길잡이
어느 산 구석으로 날아가는 화살표
어느 쪽에선가 당겨진
놓아진 활시위 과녁은 누가될지 모른다
좌회전을 하고 다시 우회전을 하고
어쩌면 이렇게 잘도 날아가고 있을까
사람들 북적이는 곳을 지나면서부터 친절하게 표시된
죽음의 깊은 골짜기
막다른 길 앞에서 서성일 시간조차 없는

저만치 언덕을 오르는 운구차를 만났을 때
딱 그쯤에서 돌아서고 싶은
다시 놓치고 싶은 저 죽음의 후미
부르릉거리며 이미 검은 연기 뿜어내고 있는
화장(火葬)의 한때가 타고 있다
어디에서 어디로 간다는 것은 저 후미처럼
연소해야 할 연기 같은 것은 아닐까
누가 누구를 찾아간다는 것은
순서 없이 떠밀려가는 아침의 행렬이 아닐까

문학전집 진열장 앞에서

참 많이 늙었구나
진열장 거울을 보며 되뇌인다
거울은 깨진 다음에야
주름이 생기는 것이지만
아직도 매끈한 그 뒤쪽에
광활한 설원과 증기기차와 국경
하얗게 타오르는 자작나무 여전하구나

진열장 속의 책 제목들은
서사를 증식시키며 누렇게 바래간다
바래가는 것들은 출처를 앙다물고
여전히 돌아오지 못하고 있는
라라, 나타샤, 혹은 안나까레리나
시집올 때 가져온 전집들
어쩌다 저리 춥고 광활한 혼수가 있었나

오늘은 과거보다 불 켜진 전등이 더 많지만
한낮의 그늘들과 양산 밑의 산책
양장본 청춘은 너무 가지런했다

흰 머리카락이 한 올 책갈피 속에서 미리 늙었을 것 같은
어느 페이지를 떠올리면
지나간 시간들이 인쇄되어 있고
금박의 제목들과 북방식 된 발음으로 추억한다

얼굴이 전집을 읽는 날들이다
내 얼굴은 춥고 광활해졌다
진열장 옆 고상이 먼지에 쌓여 늙어가고
무릎 꿇은 간절한 기도는 언제였던가
환(幻)을 훔쳐보면
거울 뒤로 숨는 율리아나가 보인다

수상소감

갑자기 찾아와 일상을 짓누르던 그림자가 버거울 때, 쾌청한 날 밝은 햇살만큼 기쁜 소식이 찾아왔습니다. 시가 좋아 시단에 입문하고 여러 스승님들과 벗님들을 알게 된 행복한 여정에서 또 한 번 감사한 선물을 받게 되었습니다.

언젠가 동료들과 한탄강변의 카페에서 바라보던 강물은 지금도 가슴에 남아 흐르고 있습니다. 제 추억의 한 부분을 차지하고 있던 한탄강이 지난 7월 유네스코 세계지질공원 인증을 받으며 그 독보적인 가치를 인정받게 되었습니다. 한탄강의 아름다움을 오롯이 담고 있는 제1회 한탄강문학상 수상은 저에게 큰 기쁨인 동시에 영광으로 다가옵니다.

한탄강문학상을 기획하고 운영하시면서 글 쓰는 이들에게 희망을 주시는 운영위원분들과 상을 주최하신 재단법인 종자와시인박물관, 연천군 관계자분들께도 깊은 감사와 존경의 말씀을 드립니다. 부족한 작품을 선정해주신 심사위원님들께도 감사드립니다.

한탄강문학상이 날로 번창하여 더 많은 사람들의 가슴

을 열어주시리라 믿습니다.

가족, 그리고 스승님들, 벗님들과 이 기쁨을 함께하고 싶습니다.

감사합니다.

노창수

다이너스티튤립 한 줄, 아니면 클리워터튤립 줄 둘 외 9편

1973년 〈현대시학〉시 추천, 1979년 〈광주일보〉 신춘문예 시 당선, 1981년 전국논문대회 최우수상, 1989년 〈대학신문〉 논문공모 당선, 1991년 〈한글문학〉 평론 당선. 한글문학상, 한국시비평문학상, 현대시문학상, 박용철문학상, 한국예총예술문화대상, 아산문학상 등 수상. 시집 『거울 기억제』 외 8권. 논저 및 평론집 『한국 현대시의 화자 연구』 외 6권. 광주문인협회 회장 역임, 한국시조시인협회 부이사장 역임, 광주예술영재교육원심의위원장 역임. 강남대·전남대·조선대 등 13개 대학(원) 30년째 문예창작론, 국어교육론 등 강의, 현재 한국문인협회 부이사장

다이너스티튤립 한 줄, 아니면 클리워터튤립 줄 둘 외 9편

어른들 일은 지쳐도 지치지 않습니다
천둥을 송곳 삼아
옹이 박혀 굳어진 구름 도시의 구멍을 뚫고
한 줄의 맑은 비로 솟아나려 하지요

이 튤립밭에
주말이면 카페를 찾은 사람들의 혀는
넘칠 듯 바구니에 침맛을 담아오곤 합니다
임프레션튤립 같이 둥근 턱을 가진 여자
어쩜 나도 만질 수 있겠다 싶은데
공생의 사선을 마악 삭제해버린 몰락으로
그만 빈 화병을 앞에 두고 웃고 말지요

아침 칼날에 저민 푸른 생선의 빛을 보다가
클리어워터가 옷 벗고 하얀 바람에 샤워하듯 도금하는
유리창 안으로 나도 들어가게 됩니다
식탁에 놓일 매운탕의 간을 맞출 단잠 후의 붉은 혀
바로 이 무렵

튤립은 화병으로 돌아오는 시간입니다
옷소매조차 향기 먹은 원예 가위에 베이고
침실에선 당신의 임플란트 이와 부딪치며
쏠리운 나의 혀는 말이지요 일순간
반아이크의 은노랑색 맛에 또 베이게 됩니다

휴일입니다
노동의 끈을 실뜨기로 풀어보는 여유를 지나
한참 배역을 끝낸 배우처럼 안락의자로 올라와
커피를 함께 타 마시는 뜨거운 시간이지요
잘 닦인 초록의 힐이 놓인 진열장 위를 지나
이제 핑크다이너스티를 식탁 위에 얹습니다
기분을 춤출 듯이 뽐내보기도 하는데 참
해 오름 튤립밭엔 눈길 하나 싹둑 또 잘립니다

콰당 쾅 쾅 뚫고 나갈 괴력의 진홍들 행진
파안의 눈앞에 데려온 퀸오브나이트의 송이들
그녀들은 주홍의 깃발과 진록의 북에
사람들의 함성들을 보쌈해옵니다

부윰한 레이스를 빛낼 퀸들도 다투어 오지요
그리고
와인나이트 같이 볼록거리는 젖가슴을 젖혀
투명 물뿌리개 인양 핑계가 파들파들 만져지는 울렁임
숨을 멈추는 순간이 그렇습니다
퀸과 와인나이트의 도열을 사열하는 침실입니다

우로 봐 경례, 반짝하면 다른 줄로 옮겨야겠지요
핑크다이너스티한 그녀와 퀸의 부드러운 나상
한 팔로 안아 든 퀸오브나이트를 침대로 이끌어 옵니다
림스키코르사코프의 세헤라자드 곡이 흐르는
예전 침대 위이지요 하 늘씬한 다리를 쓰다듬는 강물을
배우는데

한 마리 메기처럼
여자는 홀딱 체위를 바꾸어버리지요

시의 척후

장맛비로 질척인 밀림에 치달아
진흙 속 알미늄 판 같은 눈의 복병에게
시는 시퍼렇게 산다는 듯 묻습니다
독자의 비웃음까지 뒤지는 올가미의 길이
이젠 다 끝나 가냐고요

시가 짓이기고 간 행군의 음보를 따라
기수단처럼 늪을 가로지르는 시인들과
삼나무 협곡에 은폐된 독자는
필패의 엄폐 속에 들어간 그들만의 존폐입니다

최후 적병을 향해 어깨를 긴장하고
자동소총에 탄띠를 먹입니다
암흑에 사로잡힌 잡초 덩이처럼 촘촘해진 바위에서
옆구리에 찬 대검의 회전과 동시에
시의 병참들은 사격 개시의 언어를 겁니다
광야를 줍는 말발굽 뒤엔 갈기마저 푸르러 오지요
생사의 시 속에 독자들이 쓰러집니다

시냐 돈이냐
음호의 방호 앞 추념의 철모를 고쳐 쓰며
풀썩 나앉은 흙내로 납작 이미지의 책을 부릅니다
이때 당긴 방아쇠는 재봉질처럼 굽이굽이 놀지요
저 황색으로 둔중해진 독자들을 살상하는
압축의 공포에도
아직 시의 척후는 형형히 살아있습니다
그렇습니다
탈환할 고지 위로 어김없이 나부낄 사

오줌이 마려운 번호키 앞

집 밖에서부터 진입을 가로막는 또 다른 집이 있다
거푸집도 두꺼비집도 2층 현관도 아니다
어흠 하는 기침 소리
식구들 문 열고 맞던 아버지
착착 넘긴 소리 두어 번
머릿수건을 벗어 털며 들어서던 어머니
그리고 오빠야 문 좀 열어 줘
다급한 소리쯤엔 오줌이라도 마려워 집으로 오는
막내의 종종대는 발소리는 엎어질 듯하던
언젠가 실루엣으로 사라져간 대문 앞의 고요 한 덩어리
그것은 저 혼자 지키지 못해 큰집을 떠밀고 다닌다
띡 띡 띠 띠이익 띡, 열려라 참깨 문이 열린다
띡 띠익 띡 띡, 누가 잘못 찾아온 지 열리지 않는다
3일 전의 술 취한 4층 눈이 작은 그 사람이겠다
그도 뭐가 마려운지 타타 닥 두 계단을 올라챘다
이제 보니 오랜 동안 도어록 번호를 바꾸지 않았다
지문이 남아 위험하지만 버릴 숫자가 아까워서이다
아니 아까운 걸 잊어먹으면 더 큰 일이어서이다
번호를 안에 두고 몸만 떠들다 들어갈 때

식구 없는 집 앞에 오줌 찔끔 재린다
골목 학교를 막 마친 그날의 막내처럼

언어학개론, 출어편을 펴다

책을 열자 목차는 푸르고 서론은 다시마 색이다
성글어진 그물이 바다의 페이지를 줄잡아 읽는다

상어, 방어, 고등어, 다랑어를 찾아 밑줄을 긋고
안경 낀 문어의 눈으로 언어학 서설을 낭독한다
남해에서 서해로 가는 높새의 변이형태는
그물코에 든 어족들을 재분류한다
갑판의 밧줄을 타고 내려가는 박 씨의 웃음이
사뭇 짜다
그는 들러붙은 비늘갑옷에 무릎을 꺾으며
가령 광어, 도다리, 방어가 가득한 만선에도
방언으로는 전혀 반응하지 않기로 한다
늙어서 더 튼튼한 주름살이
광대뼈를 젖히고 튀는 웃음으로 바뀌는 데도
거둘 필요는 전혀 없다고 생각한다
공시태에 따른 어족 분류법
송곳 자루 날렵히 그물코를 집어내던 아내를 위해
다만 부표들을 거둘 뿐이다
팔뚝에 박힌 은륜 같은 비늘이 귀환을 반복하자

박 씨는 노을 창에 뜬 갈매기 떼를 보며
웃음 갈기를 갑판에 붓는다

그렇다 다음 장(章)에서는
그물을 은둔시키자
은어(隱語)를 은어(銀魚)로 몰아갈 작정이니

삼단논리 박치기

풍성한 방석을 깔고 앉아
허리 쭈욱 편 그 뒤태
관능이 죽입니다

똬리를 틀고 꼿꼿 머리 쳐든
그늘 속 잎새 아래
초록 혀를 꼬아 물고
흔들흔들 노려봅니다

만돌린 박자로
꿀꺽꿀꺽 약수를 떠 마실 때
파기한 원죄를 묻곤 하지요

음흉한 그는 누구일까요
뱀입니다

아닙니다
그럼?

조롱
머리 탁 치는 박

나의 체조론

너와 헤어진다 의미를 곱씹지 않은 날은 술을 먹지 않는다 안 먹기로 한다 좋아하는 수제비 또한 멀리서만 본다 거들떠보지도 않기로 한다 작정은 작심삼일이 아니다 그래 끊어버린 기호나 취미란 더 많다 커피도 군것질도 시를 읽고 영화를 보는 것도 그렇다 싱거워진다 짜지 않다 그런 때가 있는 게 아니라 그런다 할 일이 없다 없어지고야 만다 시간이 지나간다 늙어진 다음 어쩌다 너를 만난다 당연히 좋아하는 먹방도 할 일도 생기지만 우둔해진다 아득해진다 엉뚱한 그러니까 체조를 한다 둑방에 나가 녹색 귀퉁이의 팔다리를 불규칙적으로 꺾는다 궁리를 안아 든다 내 차력의 안으로 널 우겨 넣는다 돌아오길 기다린다 그러면 너다 그러니까 시다

두 손

보일러가 끓는 듯이 아랫목 자리로 너를 당겼다
정겨운 듯 붙은 체온은 이미 도망가 버린 지 오래고
염소 털 파카는 후드조차 떨어져 나갔다
바람이 거세었다 거세다고 바람이 말했다
속으로 들어가 울었고 그는 울었다고 돌아갔다
뒤란의 장작더미가 기울고 눈더미가 그것을 덮쳤다
덮친다고 예고했고 예고가 기둥을 비웃었다
밤은 바람을 굴리며
뭉쳐서 다진 눈사람처럼 단단해졌다
어둠의 뭉치가 완성되자 완성되었다고 눈덩이가 말하자
웅웅 그는 사람의 형상이 되었다
언덕의 밤은 밤의 언덕을 만든 사람들을 피했다
밤마다 울었다고 썼다 아니 썼다고 울었다
사람은 제 집 속으로 마저 들어가질 못하고
손등을 남기고 발만 에워싸며 눈물을 흘렸다
눈물은 얼고 날카로워지고 날카로워지는 눈물이 되고
제 집을 베어낸 다음 또 베어낼
그 집 속에 칼처럼 들어앉았다
그리고 이듬 봄 손을 편 서로의 다른 손은

접해진 집의 집에 문고리처럼 감겼다
먼 길 걸어와 그걸 부수고 들어갈 손을 기다리며

링거 줄에 대한 기대

늦은 잎이 더 푸르다
철을 까먹은 꽃은 곱고 야무지다

이른 꽃은 꽃샘추위에 스러지는 일
조화(早花)로 행세하다 결국 조화(造花)로 조화(弔花)의
생을 마친다
예비하지 못한 유약함에 목숨을 잃는 일
때 이른 눈바람 속을 뚫고 나온 새싹들
그 깜찍함에
시인들은 카메라로 호들갑을 떤다
봄의 전령이란 말은 사이, 황당해지고 만다

늦게 완성될수록 큰 성취를 이루듯
천천히 도달하는 만큼만 싱그러운 것
꽃도 잎도 줄기도
제철보다 늦게 시작하는 현명한 나무가
열매와 아름다움을 예비하듯 누린다

해서, 이즈음

나도 오래 두고 기다리기로 한다
사령(死嶺)을 넘긴 아내의 가는 팔 링거 줄기에
잎 나고 꽃필 날의 어떤 쾌를

작업복에 잠이 올까

뭐 말할 것도 없이
물론 내 펜은 내 편물일 것이다
내 편으로 펜 끝이 당기는 편물은
일상이 땀수건 때수건 얼굴수건 몸수건 발수건
그 사이를 건너가는 시간이다
아침에서 저녁까지 징검다리 광주천을 밟듯
물에 뜬구름의 틈을 엮어간다
펜으로 운무의 편물을 뜨는 건 쉽지 않은 바늘 끝
익숙해질 새털구름이나 목화구름 뭉게구름으로
나아갈 고층운 권적운 고적운 틈으로
매끄럽게 뚫고 가면 목도리 같은 편물이 될 참이다
떠도는 소문과 뉴스의 털실을 감으며
난 손 모음을 놓는다 그리고 꼭두 가슴을 기울인다
안개꽃 후리지아 나팔백합 금강초롱의 얼굴 앞에
걸어온 구름들이 내 편물임을 말한다
어색하지만 펜처럼 쓰는 내 편물의 재료들
적란운 층적운 권운 권적운이
내 무릎 사이의 기량에 가담한다
틀어놓은 클래식 앞에 가만히 내 펜을 부른다

짧은 다리로 요란하게 책상을 당긴다
배가 둥글게 놓인 내 편에게 웃는다

오늘 밤 작업복의 잠이지만 무섭지는 않겠다

시병(詩病)의 처방 앞에서

외짝 눈 안에 그녀를 눙치다가
사십 년 된 누른 원고지로 조용히 앉힌다
핸드폰을 흔들며 사진을 웃게 만든다
아침이면 거울에 속고 온 붉은 뺨들
정오의 어깨가 무너지자
졸음을 켜던 바람이 도망한다

귀찮은 일 년이 지나간다
점잖은 이 년이 시작된다
가파른 삼 년이 막아선다
재미있는 사 년을 퉁겨내며
숫 열기로 손뼉 소리에 빠진다

몸 바치겠다며 피한다
그래 나도 원이 없겠다
업고 놀다 머리칼부터 부린다
수면제를 먹이니 막 전성기 같다
여남은 알약 막사발에 갈자
제 무뇌를 열고 그녀가 웃는다
이제부터 너 세상이다

우리 안에서 외 2편

문이 닫힌다
밖으로 걸어간다 쫓긴다 부서진다, 상대가 바람이다

방의 불이 희다
팔을 넓힌다 싸움을 건다 침묵을 삼킨다, 상대가 어둠이다

옷에 수국무늬가 튄다
단추를 푼다 살이 아우성이다, 상대가 알몸이다

침대가 눕는다
눈을 내리깐다 곧 일어난다 튕겨진다, 상대가 불면이다

미지근한 아침이다
우유를 적신다 커피를 내린다, 상대는 의무감이다

이제 너 없인 피할 수 없다
해가 뜨고 지는 몸은 더 비대해진다
눌리어 버둥대다 안도한다

편안해져 거대해지는 사람들
짓눌리어 납작한 입술 사이
어름 웃음이 새어 나온다
꾹

털의 기행

제발 들어오지 말라 당부를 한다
난 화가 난 게 아니다
밥 먹다가도 창이 부르면 달려가는 사람이다
그게 전부인 양 갇힌 아이처럼
유리의 수틀로 한 여자가 눈을 부른다
그녀가 흘리는 손톱엔 눈물 또한 끼쳐 온다
날 동굴 밖으로 나가라는 건
그녀의 털옷이다
지금은 추위와 졸음을 이기려는 게 아니다
오늘 밤 이 동굴을 나간다면
내일은 눈이 올지도 모른다
먼 곳에 한 양치기가 잿빛의 숲을 몰아
하모니카로 불을 지르는 모양이다
꾸욱 꾹 베이스의 연기가 나무둥치를 떠메고 간다
털이 부풀어 불이 붙으면 동굴은 무너지겠지
하지만 리듬으로 우거진 아이들의 털은
기워야 할 회색 천을 두고 도망하러 든다
그러지 마
귀싸대기로부터 큰 딱총을 맞는다

겨냥된 원 안에 털들이 일제히 서는 건
뺨을 움켜쥐고 이를 옮기려는 순간에 일어난다
동굴 밖 피요르드에 부딪친 수틀이 조각난다
여자는 뭐 이따위냐고 실 털을 죄다 뽑는다
난 빳빳해진 제모의 가죽관에 누웠다가
웃으며 낄낄 노란 짐승이 되어 나온다
이제 털은 당겨 동굴 바닥을 입는다
빙하를 휴대하는 털
털털털 턴다, 덜덜덜 떤다

아트홀

둥근 자맥질로 뜨면 구룡포 꼬린 높았지요
눈물 안쪽으로 붉게 흐르는 해와 달을 따라
아달라왕 언명이 이팝나무 우듬지를 떨게 했어요
도끼질 파도가 치박은 쐐기 물에 쩍 쩍
결박된 단애(斷崖)가 악바리 잇날로 물렸을

거북바위가 삼밧줄로 동여지고
거기 매단 해와 달을 몰아가던 길
이 곳에 넋을 맡기고 난 보았지요
암석 등허리 천하무적 왕과 비(妃)를 태울 때
물벼랑은 휘돌아 금빛을 사로잡았어요

그러니까 이백 년 전
고산자 김정호가 호미곶을 찍던 붓과 맞바꾸었지요
끝을 거듭 보기 일곱 번이나 타던 사람
짚신 속에 흘린 혈액은 얼음으로 응고되고
장삼에 넣은 붓은 그의 찐 가슴을 타다
화선지 밖에 곧 기울더니 곶 그마저 헐어내어
연오와 세오의 귀비고를 장엄했지요

이제 영일 현에 와 물어봐요
귀곡성의 흐느낌처럼 사람들니 녹아 흘렀을 때
목구멍에서 가슴 천공으로 머리에서 항문으로
동방의 근기국(勤耆國) 그 우두머리들은
외침을 능지 삼아 처참한 무퇴를 샀지요

팽팽한 통점에 바늘 끝을 세워 퉁기듯
호미곶 가슴께로 쇳물 피를 흘려보냈지요
그건 거짓말처럼 오늘
우리 집 거실의 벽을 타고 도착했군요
그래 합환의 색 그 장쾌한 부조의 틀을 짰지요

우리 집에 와 한번 보실래요?

수상소감

시 창작은 경주이다. 사유의 달리기를 통해 이루어지는 작품의 획득이기 때문이다. 이러한 공모를 통해 내 스스로의 시 창작력을 시험하는 기회를 가급적 늘리려한다. 시 창작에 몰두할 힘은 물론 시가 늙어지지 않도록 하는 이유가 되기에 그렇다.

적당한 햇볕과 바람과 소금, 그리고 관성을 돕는 운동은 존재의 생태력에 활력을 키운다.

시 창작에도 그건 필요하다는 생각이다. 뽑아주신 선생님들께 두 손을 모은다.

유영희

균열의 시간 외 9편

명지대 문화예술대학원 문예창작학과 석사 졸업
파주문인협회 이사, 동서문학회 회원
2004 〈문학공간〉 시 신인상, 전국 주부 문예공모 시 대상
경기도 여성 기예경진대회 시 최우수
아리문화상, 경북일보 문학대전 시 은상
동서문학상, 오산문학상, 경기도문학상

균열의 시간 외 9편

혹독한 겨울이 지난 후
어머니 장독대를 빌려 살던 항아리에 금이 갔다
대대로 지붕 얹고 잠을 청하던 집이 줄줄 샌다

불룩한 옆구리 늘려가며
사계절을 눌러 담던 육중한 몸
소금물에 버무려진 비밀 지키느라
항아리는 평생 땅에서 엉덩이를 떼지 못했다

어둠과 적막을 틈타 관통하던 찬바람에도
내색 한번 할 수 없었던 지난날들이
홀로 눈물 흘릴 구멍 하나쯤 필요했을까

차디찬 돌에도 피가 흐르는지 갈라진 틈 사이로
선혈이 낭자하다
한 생의 이력들이 뿌리째 빠져나간다

긴 한숨과 불면의 시간들이 우려낸 맛은
갈길 몰라 헤매는 불안한 검정

수직으로 그어진 먹빛 줄무늬가 촉촉이 젖어든다

한겨울 나자마자 무덤에 든 아버지처럼
방심하다 찬바람 끝 피하지 못한 세월의 낙하지점

항아리는 집이기도 하고 무덤이기도 해서
난 가끔 불안이 흘리고 간 얼룩을 가만히 들여다본다
이미 저문 날들과 아직 오지 않은 밤
둥글던 발효의 기억은 끝났다

소래포구에서

개펄이 놓아버린 손아귀에 바닷물이 빠진다
물의 속도는 소리 없이 밀려가는 물의 걸음
보이지 않던 바닥이 느리게 걸어온다

아무도 오래 불러주지 않아 물의 엉덩이가 앉았던 자리는
생의 주름진 무늬로 단단해졌다

썰물에 갇힌 목선들이 포구에 누워있다
한낮 졸음에 겨운 눈꺼풀처럼
펄럭이다 가라앉은 몇 개의 깃발
한쪽 귀퉁이 잘려 나간 바람의 무늬가 선명하다

썰물과 밀물에 가슴 졸이던 계절은
소금기 밴 염부들을 어디로 밀어냈을까
온갖 들풀로 덮어놓고 떠난 옛 염전엔
저 홀로 늙어가는 소금창고 뿐

이따금 부화할 것 같은 창고 속 기다림은
제 몸을 다 비우고 개화한 눈부신 결정체

주인 잃고 떠도는 병목의 시간으로 잠들어 있다

개펄에 구겨 넣은 새들의 발자국은 날지 못한다
태곳적 화석인가 저 깊어진 구멍 사이
미처 챙기지 못한 어느 염부의 푸르던 날만
허옇게 말라가고 있다

꿈꾸는 청어

늘 푸른 요양원 6인실 맨 끝 침대
이승에서의 마지막 문패를 달고 청어 한 마리
비스듬히 누워 있다
밤새 바다를 꿈꾸다 막 잠이 들었는지
돌아누운 얼굴이 푸른색이다
지난달까지도 목소리 높여 손가락으로 가리키면
겨우 숨만 새어 나올 정도로 벌어진 아가미는
큰애, 작은애, 며느리를 차례대로 읊었었는데
이젠 간병인이 돌아 누일 때까지 꼼짝도 하지 못한다
독한 세제에 길들여진 침대 시트가 싱싱한
비린내를 지워간 지 5년째
청어의 몸에선 더 이상 살냄새도 나지 않는다
푸르던 기억은 꿈속에서나 유영하고 있을까
짙고 선명한 등줄 무늬 대신 앙상한 가시만 남은 청어
늘 푸른 요양원에 살면서도 매일 시들어간다
남은 부레로는 수압을 이기지 못하는지
수조엔 신음소리 가득하다
새우 잡던 아버님이 먼저 떠나신 후
어머니는 행상하러 다니던 골목에서 오래도록

빠져나오지 못했다

토막 난 기억은 점점 멀어지더니 급기야 고향땅 북녘에서

끊어지기도 했다

낯선 곳, 설익은 삶 껴 맞추며 살아왔던 길

퇴화된 지느러미는 물을 오르지 못하는데

오늘도 에어매트에 누워 꿈을 꾸는 청어 한 마리

의자

계절의 끈을 놓친 호박들이
개천 둑 여기저기 아무렇게나 앉아있다
고단한 다리를 쉬고 있는 생의 마지막 휴식일까
햇살에 드러난 엉덩이가 단단하게 포장되어 땅속에 박혔다
엉덩이에 박음질 된 완벽한 의자다
저토록 편안한 착석이라니
할머니는 의자를 밀고 다녔다
몸의 중심이 조금씩 의자를 향해 기울어갔다
무릎을 꿇지 않겠다는 의지도 소용이 없었는지
의자는 아무데서나 보행을 멈추고 할머니를 주저앉혔다
할머니가 지나온 생처럼 구불구불한 골목을
바퀴는 뒤뚱거리며 앞장 서 갔다
보폭을 맞추느라 가끔은 바퀴도 제자리를 돌았다
걸어온 날보다 훨씬 짧게 남은 길을
바퀴는 매번 쉬었다 가곤 했다
할머니의 퇴행을 고스란히 받치고 있던 의자
휘어진 다리를 겸손하게 모아놓고도 티를 내지 않던 의자
녹슨 관절은 매번 의자를 통해 남은 생을 건너갔다
통증이 길어질수록 할머니의 걸음도 짧아졌다

남은 날들을 굽어보듯, 점점 낮아지는 몸
앉고 싶을 때 털썩, 엉덩이를 박음질해 주던 의자도
현관에서 자주 다리를 쉬었다
세상에 지는 것들은 땅에 떨어지고
할머니의 저녁은 끝이 보이지 않는 푸른 날과
퉁퉁 부은 발등만 그늘에 묻혀 저물어갔다

밥상에 대하여

보십시오
밥상에 앉는 일로 하루를 시작하던 날들이 있었는데
아무리 급한 일이 있어도 무릎 구푸리고 앉아
둥근 밥상을 마주하던 그때,
세상이 크고 무서워도 밥숟갈 몇 번이면
든든하던 시절이 있었는데

온 식구 저녁상 들여놓은 어머니 치마폭 사이로
언뜻 보이던 그늘의 행로
춥고 허기진 마음들 둥그렇게 앉히던 공손은
어느 도시를 방황하다 지층에 묻혔을까

무릎을 모은다는 건
한 톨의 쌀이 만들어지기까지의 수고와
밥이 되어 입으로 들어오기까지의 감사가
녹아 있다는 것

더 이상 무릎을 굽히지 않아도 되는 밥상이
도시를 떠도는 동안

충혈된 눈빛들은 아무데서나 끼니를 때우는데

보십시오.
선 채로 토스트 받아먹고 있는 길거리 식탁을
삼각 김밥 물고 허겁지겁 뛰어가는 횡단보도 식탁을

그는, 목수

그 남자의 작업실은 허공이다
지난겨울 눈바람 삐걱대는 들판 위에
팽팽하게 수평선 잡아 놓은 후
그는 하루도 빠짐없이 나와 문을 열고 닫았다
한번 자리 잡으면 같은 곳에서 오래 버텨야 하는 선들이
딱딱한 콘크리트에 묻혀 굳어갔다
톱밥을 뒤집어쓴 그의 옷은 어디에 있어도 나무색이다
털모자 눌러쓴 머리칼 사이로 가끔씩 몽당연필도 보인다
수염이 거뭇하게 드러난 얼굴에서 자주
담배 연기를 올리는 남자
갖가지 연장들이 매달린 그의 허리도 종일 공중에 떠 있다
그의 발바닥은 허공을 걷는 법에 익숙하다
움푹움푹 들어간 발바닥이
나무의 혈관을 찾아 맥을 이어주고 정교하게 각을 깎아
모서리를 만들면 미끄러지듯 지나던 겨울바람도
비로소 교성을 내며 몸을 훑는다
남자는 본심을 숨긴다
완성품을 한꺼번에 보여주지 않는 건 그의 철학이다
얽혀있던 거푸집 안쪽으로 나누어진 방이 보인다

그가 모든 걸 보여주기 전까지 그의 밑그림을
아는 사람은 없다
기계톱 소리만 그가 요구하는 형상을 오려내고 있을 뿐
구멍을 뚫고 못을 박아도 집은 상처가 되지 않는다
까치발 선 다락방 위로 낮달이 수척한데
집 한 채 우뚝 세우고서야 환하게 웃는 남자
정작 자기 집은 지어보지 못했다는 남자

낫과 숫돌

고향 집에는 아직 숫돌이 남아
차례로 떠난 사람들 대신 집을 지키고 있다
두려울 것 없는 아버지의 젊은 날
농사는 물론 먼 산도 마다않고 이곳저곳 누비던 낫
자루는 몇 번씩 부러져도 날은 매번 숫돌에 올랐다
아버지는 여러 개의 낫을 모아 한꺼번에 갈았다
아무리 뭉뚝해진 날도 숫돌에 오르면 제 모습을 찾았다
숫돌은 기꺼이 자기 살을 내어주었지만
낫도 숫돌의 살만 파먹으며 생을 연장한 건 아니었다
날카롭게 벼린 낫에
아버지는 손가락을 살짝 얹어보곤 했는데
그럴 때마다 조마조마했던 기억
그러면서 생각했다
낫의 무게로 굳은살 앉은 아버지 손가락은
당신이 갈아놓은 낫에게도 베이지 않을 만큼
무뎌졌을 거라는 거
아니 그 정도로 둘은 서로 믿고 있었다는 거
어쩌면 숫돌에게서 떨어져 나간 살들이 아버지 손가락에
붙어있지는 않을까 하고

그들은 서로의 살을 덜어내며 점차 야위어갔다
내막을 촘촘하게 기억하며 살았을 날들,
서로의 아픈 살을 조금씩 내어주며 버텼을 시간들이
오롯이 정지해 있다
얼마나 오랫동안 저리 앉아 있었을까
더 이상 움츠러들지도 아파하지도 않는다
산에 오르신 아버지처럼 배가 홀쭉해진 숫돌
끊어질 것 같은 허리를 바람이 받치고 있다

날지 못하는 새

창밖 넘어 눈 덮인 들판을 바라보다
작고 검은 물체에 시선이 멈추었다

이제 막 걸음마 배우는 고양이 같기도 하고
날개 다친 까치 같기도 한

한참을 더 바라봐도 그 자리에서 움직이지 않는다
가끔 바람이 일으킬 때만 잠깐 몸을 세웠다 누일 뿐
오래도록 그곳을 벗어나지 못했다

추수 끝난 후 덜 걷힌 검은 비닐이
바람에 몸을 의지한 채 가짜 날개를 파닥거린다
새장에 들지 않으면서도 날지 못하는 새
눈 내린 날은 날개가 무거워 더 위험해지는 새

거대한 대지는 잡은 발목을 쉬이 놓지 않는다
여름내 들판에 꽂아둔 울음마저 한 몸이었다는 듯

반쯤 일으켰다 주저앉기를 반복하는 사이

혹한은 자기 내부에만 골몰하는 중이다

꺾이고 상처 입은 내력을 어둠은 알까
겨울이 와도 몸 말아 누일 둥지 하나 장만하지 못하고
허허벌판 칼바람에 날개를 세운다

다시 바람 소리 날아오른다
오늘은 비상을 하려는지 날갯짓 요란하다

목장갑

횡성시장 골목 정육점 앞
대형 플라스틱 통 안에 목장갑이 그득하다

더러는 해체하는 일로 또 발골하는 일로
한우의 온몸을 샅샅이 더듬었을 목장갑이
핏물을 뱉어내고 있다
실타래 사이에 갇혀있던 조직을 풀어내고 있다

목장갑은 실체가 벗어놓는 순간부터 허구가 된다
허공도 어루만질 수 없는 허구다

살도 뼈도 없는 허구의 손가락들이
고기도 아닌 허구를 우려내고 있다
배가 터지도록 물을 들이마셔도
물관을 팽팽하게 부풀리기만 할 뿐
손끝의 감각도 체온도 없다

허구는 다시 허구를 만들고
허구에선 또 다른 허구가 빠져나온다

독한 세제를 견디며 맑음으로 치장 중인 목장갑
누군가의 새로운 허구가 되기 위해
점점 더 피골이 상접한 허구가 되기 위해서

빈집

추녀 끝 거미줄이 배꼽처럼 걸려있다
큰아버지 떠난 후 한 번도 떨어지지 않은 투명한 집이다
평생 농부로 가난한 땅 지키다 훌쩍 떠난 집
묻고 나간 온기로 아직 연명하는 집

바람을 빌려 살던 겨울이 넓혀놓은 틈새 붙잡고
거미는 미동도 없이 중심을 맞춘다
최대한 몸을 웅크려 행성의 소리 듣는다

생명을 연장하느라 목소리를 내어준 수술대 위에
큰아버지는 사흘 밤낮을 매달려 있었다
소리가 빠져나간 목은 서로의 안부를 건네주지 못했다
간혹 종이와 연필이 대신 오가는 일은 있었지만
먼 우주 저편과 망망한 심해 속 신호처럼
번번이 빈 껍질로 부서질 뿐이었다

구멍 숭숭한 거미집은 그가 살아온 생애다
살아서 가볍기만 했던
비바람에 무수히 찢기다 허공처럼 넓어진 날들이다

내가 조금 다가가자
팽팽한 긴장이 중력으로 일어선다
먼 어디쯤 낯선 별의 속도로 불시착하는 큰아버지를
서서히 끌어당기는 걸까

박제된 듯, 미세한 감각으로 떨고 있는 저녁
마당가엔 민들레 한창이다

돌들의 반란 외 2편

침대 위에서 롤러코스터를 탔다
초강력이었다
급히 찾아간 병원은 이석증이라 했다

위통으로 심한 불면을 앓던 밤
식은땀 훔치며 새우처럼 몸 말아 누이다
새벽녘 도착한 응급실
담석증이란다

모든 것에는 궤도가 있다는데
세상은 고개를 흔들어야 하는 일이 많으니

돌들, 그 혼란 속 어지럼증에
궤도에서 이탈하는 일도 부지기수인가 보다

그들의 서식지는 궤도에서 약간 벗어난 곳
나의 혈색을 공급받으며 생존하고 있는
내 귀를 떠도는 돌이나 내 쓸개의 주인이 된 돌이나
나는 그들에게 갇혀 살 것인데

이것도 인연이라면
한동안 내 몸에서 나는 달그락 소리를
모른 척해야 할까

재탐색하라는 내비게이션의 신호음을
아는지 모르는지
오늘도 약봉지만 움켜쥐고 있다

곡우

어머니 여든을 훌쩍 넘긴 기념으로
다리 하나 더 얻었다

안방에서 거실로 나갈 때나
거실에 앉았다 주방으로 갈 때는
엉덩이로 걷는다

일어서서 가라는 말에
엉덩이로 가는 게 훨씬 빠르다는 어머니
여든을 넘기고서야 찾은 다리다

오래전 외할아버지 끼니를
앉은 채 발로 밀고 다녔다는 외할머니 말씀이
이제야 가슴에 와 박힌다는 오늘

어머니 밭고랑도 휴식 중이다
처음 맞는 안식이다

불을 켜다

칡넝쿨이 전신주를 오릅니다
무성한 숲 제쳐두고 하필 공사 중인
아스팔트 도로 옆
오르면 오르는 대로 길이 된다지만
허공을 내딛는 일은 언제나 아슬아슬합니다
땅속 깊은 곳
느리게 발을 뻗는 뿌리로부터
피가 돌고 있었던가요
한 번도 환하게 켜 보지 못한 생애는
이 여름을 손꼽아 기다렸는지도 모릅니다
울창하게 뻗은 손들은 모두 한 방향입니다
이 뜨거운 날, 외마디 소리 없이 오른다는 건
더 처절한 비명인지도 모르겠습니다
매끄럽던 전신주가 칡나무로 변해갑니다
햇빛이 흠칫 발을 들여놓는 날이면
아랫도리에서 습기가 배어 나올 것 같아
전신주는 허리를 틀거나 몸을 움직이지 못합니다
생의 막다른 곳으로 올라가는 저 손들은
최후의 결투를 하러 가는 중이겠지요

이제 조금만 더 손을 뻗으면
변압기에서 발생되는 전류를 땅속으로
보낼 수 있습니다
불이 들어올 줄 모르는 땅속 제 발등에
딸깍, 환한 불 한번 비추는 것이 그들의 사랑법
인부들 몰려와 말끔히 제거하기 전에
어서 어둔 발등에 빛을 보내야 할 텐데요
전신주 움켜진 여름 한낮이 무겁습니다

수상소감

예년과 다르게 때 이른 된서리가 내렸습니다.

노랗던 국화가 한순간 제 빛을 잃어 갑니다.

자기를 내려놓는 과정은 또 다른 분신을 세상에 내놓는 일이란 걸 새봄이 알려 주겠지요.

부족한 제 글을 뽑아주신 심사위원님들께 머리 숙여 감사의 마음을 드립니다.

모든 사물을 더 깊고 넓게 바라보겠습니다.

첫걸음 내딛은 한탄강문학상과 (재)종자와시인박물관의 발전을 기원합니다.

심사위원 대표작 감상

본심| **김기택** 심사위원장
소
풀벌레들의 작은 귀를 생각함
다리 저는 사람

본심| **공광규** 심사위원
소주병
얼굴 반찬
담장을 허물다

예심| **정한용** 심사위원
나주집에서의 만남
사랑의 기록
밍크코트 만드는 법

예심| **서안나** 심사위원
애월(涯月) 혹은
모래의 시간
새를 심었습니다

예심| **김 언** 심사위원
어디서 구멍이 났는지 모른다
그늘
컵 하나의 슬픔

김기택 시인

소 외 2편

1989년 〈한국일보〉 신춘문예로 등단하여 『태아의 잠』, 『바늘구멍 속의 폭풍』, 『사무원』, 『소』, 『껌』, 『갈라진다 갈라진다』, 『울음소리만 놔주고 개는 어디로 갔나』 등의 시집을 펴냈다. 김수영문학상, 현대문학상 등 다수의 문학상을 수상하였다. 현재 경희사이버대학교 교수로 재직 중이다.

소

소의 커다란 눈은 무언가 말하고 있는 듯 한데
나에겐 알아들을 수 있는 귀가 없다.
소가 가진 말은 다 눈에 들어있는 것 같다.

말은 눈물처럼 떨어질 듯 그렁그렁 달려 있는데
몸 밖으로 나오는 길은 어디에도 없다.
마음이 한 움큼씩 뽑혀 나오도록 울어보지만
말은 눈 속에서 꿈쩍도 하지 않는다.

수천만 년 말을 가두어 두고
그저 끔벅거리고만 있는
오, 저렇게도 순하고 동그란 감옥이여.

어찌해볼 도리가 없어서
소는 여러 번 씹었던 풀줄기를 배에서 꺼내어
다시 씹어 짓이기고 삼켰다간 또 꺼내어 짓이긴다.

풀벌레들의 작은 귀를 생각함

텔레비전을 끄자
풀벌레 소리
어둠과 함께 방 안 가득 들어온다
어둠 속에 들으니 벌레 소리들 환하다
별빛이 묻어 더 낭랑하다
귀뚜라미나 여치 같은 큰 울음 사이에는
너무 작아 들리지 않는 소리도 있다
그 풀벌레들의 작은 귀를 생각한다
내 귀에는 들리지 않는 소리들이 드나드는
까맣고 좁은 통로들을 생각한다
그 통로의 끝에 두근거리며 매달린
여린 마음들을 생각한다
발뒤꿈치처럼 두꺼운 내 귀에 부딪쳤다가
되돌아간 소리들을 생각한다
브라운관이 뿜어낸 현란한 빛이
내 눈과 귀를 두껍게 채우는 동안
그 울음소리들은 수없이 나에게 왔다가
너무 단단한 벽에 놀라 되돌아갔을 것이다
하루살이들처럼 전등에 부딪쳤다가

바닥에 새카맣게 떨어졌을 것이다
크게 밤공기 들이쉬니
허파 속으로 그 소리들이 들어온다
허파도 별빛이 묻어 조금은 환해진다

다리 저는 사람

꼿꼿하게 걷는 수많은 사람들 사이에서
그는 춤추는 사람처럼 보였다.
한 걸음 옮길 때마다
그는 앉았다 일어서듯 다리를 구부렸고
그때마다 윗몸은 반쯤 쓰러졌다 일어났다.
그 요란하고 기이한 걸음을
지하철 역사가 적막해지도록 조용하게 걸었다.
어깨에 매달린 가방도
함께 소리 죽여 힘차게 흔들렸다.
못 걷는 다리 하나를 위하여
온몸이 다리가 되어 흔들어주고 있었다.
사람들은 모두 기둥이 되어 우람하게 서 있는데
그 빽빽한 기둥 사이를
그만 홀로 팔랑팔랑 지나가고 있었다.

공광규 시인

소주병 외 2편

1960년 서울 출생, 충남 청양 성장
1986년 월간〈동서문학〉 신인문학상으로 등단
시집 『담장을 허물다』, 『서사시 금강산』, 『서사시 동해』 등
산문집 『맑은 슬픔』
윤동주상, 신석정문학상, 녹색문학상 등 수상

소주병

술병은 잔에다
자기를 계속 따라주면서
속을 비워간다

빈병은 아무렇게나 버려져
길거리나
쓰레기장에서 굴러다닌다

바람이 세게 불던 밤 나는
문 밖에서
아버지가 흐느끼는 소리를 들었다

나가보니
마루 끝에 쪼그려 앉은
빈 소주병이었다

얼굴 반찬

옛날 밥상머리에는
할아버지 할머니 얼굴이 있었고
어머니 아버지 얼굴과
형과 동생과 누나의 얼굴이 맛있게 놓여있었습니다
가끔 이웃집 아저씨와 아주머니
먼 친척들이 와서
밥상머리에 간식처럼 앉아있었습니다
어떤 때는 외지에 나가 사는
고모와 삼촌이 외식처럼 앉아있기도 했습니다
이런 얼굴들이 풀잎 반찬과 잘 어울렸습니다

그러나 지금 내 새벽 밥상머리에는
고기반찬이 가득한 늦은 저녁 밥상머리에는
아들도 딸도 아내도 없습니다
모두 밥을 사료처럼 퍼 넣고
직장으로 학교로 동창회로 나간 것입니다

밥상머리에 얼굴반찬이 없으니
인생에 재미라는 영양가가 없습니다

담장을 허물다

고향에 돌아와 오래된 담장을 허물었다
기울어진 담을 무너뜨리고 삐걱거리는 대문을 떼어냈다
담장 없는 집이 되었다
눈이 시원해졌다

우선 텃밭 육백 평이 정원으로 들어오고
텃밭 아래 사는 백 살 된 느티나무가 아래둥치 째 들어왔다
느티나무가 느티나무 그늘 수십 평과 까치집 세 채를 가지고 들어왔다
나뭇가지에 매달린 벌레와 새소리가 들어오고
잎사귀들이 사귀는 소리가 어머니 무릎 위 마른 귀지소리를 내며 들어왔다

하루 낮에는 노루가
이틀 저녁은 연이어 멧돼지가 마당을 가로질러갔다
겨울에는 토끼가 먹이를 구하러 내려와 방콩같은 똥을 싸고 갈 것이다
풍년초꽃이 하얗게 덮은 언덕의 과수원과 연못도 들어

왔는데
연못에 담긴 연꽃과 구름과 해와 별들이 내 소유라는 생각에 뿌듯하였다

미루나무 수십 그루가 줄지어 서 있는 금강으로 흘러가는 냇물과
냇물이 좌우로 거느린 논 수십만 마지기와
들판을 가로지르는 외산면 무량사로 가는 국도와
국도를 기어 다니는 하루 수백 대의 자동차가 들어왔다
사방 푸른빛이 흘러내리는 월산과 청태산까지 나의 소유가 되었다

마루에 올라서면 보령 땅에서 솟아오른 오서산 봉우리가 가물가물 보이는데
나중에 보령의 영주와 막걸리 마시며 소유권을 다투어 볼 참이다
오서산을 내놓기 싫으면 딸이라도 내놓으라고 협박할 생각이다
그것도 안 들어주면 하늘에 울타리를 쳐서

보령 쪽으로 흘러가는 구름과 해와 달과 별과 은하수를
멈추게 할 것이다

공시가격 구백만원짜리 기울어가는 시골 흙집 담장을
허물고 나서
나는 큰 고을 영주가 되었다

정한용 시인

나주집에서의 만남 외 2편

1958년 충주 생. 1980년 〈중앙일보〉 신춘문예 평론 당선과 1985년 〈시운동〉에 시 발표로 작품활동 시작. 주요시집으로 『유령들』, 『거짓말의 탄생』, 『천 년 동안 내리는 비』 등과, 영문시집 『How to Make a Mink Coat』, 『Children of Fire』 등이 있음. 천상병시문학상, 시와시학상 등 수상.

나주집에서의 만남

20년 후의 나로부터 만나자는 문자가 왔다.
20년 전의 나를 데리고 나가겠다고 답을 보냈다.
그렇게 우리는 만났다.
늙은 나주댁 아지매가 아직도 술상을 거들고 있었다.
십구공탄에 삽겹살을 구우며
어린 나는 빨간 딱지 진로소주를 마시고
지금의 나는 조껍데기 막걸리를 마시고
늙은 나는 이젠 술을 못한다고 콩나물국만 홀짝거렸다.

우리는 각자 가져온 기억을 꺼내 식탁에 올려놓았다.
아내와 아이들 이야기는 빼자고했다.
서로 조금씩 의심의 눈초리를 보내긴 했지만
망각과 불안이 우리생의 기본이 아니겠냐고 서로 위로했다.
어린 나는 마르크스를 읽는다고 했다.
지금의 나는 여행서적을 읽는다고 했다.
늙은 나는 책 같은 건 보지 않는다고 했다.
우리 담화는 애매모호하게 시작되었다.

삽겹살 불판을 두 번 갈고 소주잔과 막걸리잔이 섞이고

식은 콩나물국을 다시 데워 오는 사이,
나는 가장 즐거웠던 시절이 언제인지 물었다.
어린 나는 원래 행복한 현재란 존재하지 않는다고 했다.
조금 건방지다 싶자 늙은 내가
현재란 과거의 심연이며 늘 새로운 탈로 위장하는 것이니
겨우겨우 인생은 견뎌가는 것이 아니겠냐고 했다.
그 순간 누군가 술잔을 엎었다.

이후 세 시간 동안 끊어진 필름조각을 이어보면,
어린 나는 '진실'과 '사실'의 차이를 아냐고 악을 써댔고
지금의 나는 우리 회사 이부장 '썩을 놈'이라고 욕을 해댔고
늙은 나는 오래전 돌아가신 어머니이야기를 자꾸 꺼냈다.
나주집 아지매가 결국 등을 밀어낸 것은 알겠는데
우리가 어떻게 헤어졌는지는 기억이 없다.
우리 중 누군가가, 다시 또 만나면 개새끼라고
꿈속에서인 듯 말한 것 같기도 하다.

사랑의 기록

학교 화단 옆 간이 테이블
"상민♥혜준_389일♥♥"이라 써놓은 하얀 글자 위에
단풍잎이 고요히 내려앉았다.
누군가 살짝 부끄럽기도 하겠지,
어린 연인의 마음을 읽어낸 듯 붉은 잎사귀가 살짝 덮어
주고 있다.
그렇다고 다 가려 속까지 감추면 안 되니
은근슬쩍 보이게, 하트 반쪽 드러나게 절묘이 균형을 잡
고 있다.
내놓지도 숨기지도 않은 그들의 389일에 걸친
사랑의 기록,
테이블에 껌딱지처럼 붙어 잘 숙성되고 있다.
낮에는 햇살이 쓰다듬고 저녁엔 바람이 핥고 지나가고
다시 밤이 오면 별들이 오래 들여다본
그 긴 사연들.
어쩌면 해와 달이 저 언어를 베껴
하늘 한 권에 적어두고 틈날 때마다 읽어볼지도,
너무 오래 묵은 사랑에 진저리가 나 이 풋사랑이 살짝
부러울지도.

별마다 박힌 우주의 이명이 이슥히 흘러나올 때면
해와 달이 슬며시 질투하며 투덜대는 소리.
다시 389일이 지나고
다시 389광년 멀어진다 해도
사랑은 지겨우면서 지독히 지워지지도 않는 법,
잘 닦았다 싶으면 캄캄한 우주의 창에 등불을 걸기도 하고
지치고 힘들 때면 문을 두드리며 울기도 하는 법.
어차피 사랑이란 온 생애를 다해 견디는 일,
그러다 끝내 견딜 수 없게 하는 일.
한 시절의 희망과 기쁨이 가고 다시 한 철의 광기와 절규가
지나가고
지금 어린 연인의 어깨 위에 초겨울 빛이
살얼음처럼 빛나고 있다.

밍크코트 만드는 법

북미대륙 대서양 연안에 '해변밍크'가 살았다. 신대륙에 정착한 유럽인들은 그 작고 귀엽고 붉은 털은 가진 동물에 환장했다. 그들은 밍크를 잡아 옷을 만들거나 가죽을 수출해 큰돈을 벌었다. 결국 1880년대 '해변밍크'는 멸종됐다. 자, 그러니 최고 품질의 밍크코트를 얻기는 이제 글렀다. 좋은 밍크코트 만드는 법, 그 차선책을 소개하겠다.

밍크농장에 간다.
녀석들이 쥐굴 같은 통발 속에서 옴짝달싹못한 채 사육되고 있을 것이다.
2~3년생 된 것이 털이 가장 예쁘다.
가죽이 부드럽다.
눈을 들여다보고 눈빛이 맑은 놈으로 골라낸다.

가죽을 벗긴다.
죽으면 가죽이 뻣뻣해지므로 살아 있을 때 벗긴다.
먼저 머리를 잡고 땅에 패대기친다.
좌로 다섯 번 우로 다섯 번 적당히 힘을 주어야 한다.
밍크가 기절하면 정육점 고기처럼 산채로 매달고 네 다리를 자른다.

허공에서 부르르 떨 때 옷을 벗기듯 조금씩 두 손으로 가죽을 잡아당긴다.
아주 죽지는 않게 살살 다룬다.
때로는 날렵하고 과감하게 털옷을 벗긴다.
밍크가 붉은 몸통을 비틀며 경련을 일으킬 것이다.
붉은 몸통이 마지막 저항의 숨을 쉴 것이다.
붉은 몸통이 조용해질 것이다.
이때쯤 담배를 한 개비 피워 물어도 좋다.

다음 밍크를 데려온다.
요령은 같다, 밍크코트 한 벌을 만드는 데는 70마리가 필요하다.
벗긴다. (담배를 핀다)
벗긴다. (담배를 핀다)
벗긴다. (담배를 핀다)

옷이 완성되면
당신은 당신의 가죽을 모두 벗고 밍크를 입는다.
당신이 예쁜 밍크가 된다.

서안나 시인

애월(涯月) 혹은 외 2편

1990년 〈문학과비평〉 겨울호 시 등단, 시집으로 『푸른 수첩을 찢다』, 『플롯 속의 그녀들』, 『립스틱발달사』, 평론집으로 『현대시와 속도의 사유』, 연구서 『현대시의 상상력과 감각』, 편저 『정의홍선집 1·2』, 『전숙희 수필선집』, 동시집으로 『엄마는 외계인』, 〈서쪽〉 동인. 대학 출강.

애월(涯月) 혹은

애월에선 취한 밤도 문장이다 팽나무 아래서 당신과 백년 동안 술잔을 기울이고 싶었다 서쪽을 보는 당신의 먼 눈 울음이라는 것 느리게 걸어보는 것 나는 썩은 귀 당신의 목소리가 들리지 않는다 애월에서 사랑은 비루해진다

애월이라 처음 소리 내어 부른 사람, 물가에 달을 끌어와 젖은 달빛 건져 올리고 소매가 젖었을 것이다 그가 빛나는 이마를 대던 계절은 높고 환했으리라 달빛과 달빛이 겹쳐지는 어금니같이 아려오는 검은 문장, 애월

나는 물가에 앉아 짐승처럼 달의 문장을 빠져나가는 중이다

모래의 시간

잠시 모래가 되겠습니다

모래 의자에 앉아 모래 모자를 쓰고 모래 연필로 모래의 시를 쓰겠습니다

이것은 몰락의 서두입니다 모래를 움켜쥐면 나만 남습니다 모래는 아름다운 배반입니다 무너지는 유령입니다 부서져 시작됩니다

모래는 혼자 남는 노래입니다 부서진 문자로 가득합니다 모래를 만지면 따뜻합니다 누군가 다녀간 모양입니다 지워도 남습니다 지워도 남는 것은 운명이라 생각하십시오 한 생이 아픕니다

여자가 무너져 모래가 되고 모래가 무너져 말할 수 없는 무엇이 됩니다 당신이 공터가 되는 이치입니다

지워지는 상심은 아름답습니다 모래는 나를 붙잡는 손입니다 홀수에 가깝습니다 모래의 고요가 활활 타오르는

저녁입니다

모래 의자에 앉아 모래 가면을 쓰고 모래 수첩에 모래의 시를 적습니다

죽은 자들이 손을 내밉니다

모래가 다시 시작됩니다

새를 심었습니다

새를 받았지요 택배로. 뿌리에 흙이 묻어있었어요.

은행을 지나고 김밥천국을 지나고 데빌 피시방을 지나 나에게 도착한 새입니다.
새가 아니라고 말해도 새입니다.

설명서를 읽었죠.
새, 이것은 명사, 물렁거리거나 잘 깨지는 것, 씨앗이 단단한 것, 비정규직 냄새가 나는 것, 유목형입니다.

갓 배달된 1년생 새를 심었어요. 무채색의 새는 어둡습니다. 검은 것들은 어둠을 치는 기분입니다. 새는 나쁜 계절 쪽으로 한 뼘씩 자라고. 종이 인형처럼 잘 찢어집니다. 고독한 비행의 예감 같은 것이 따라왔습니다.

새를 심었지요 오렌지 맛이 나는 새를요. 이따금 새는 시들다 화들짝 살아납니다. 새를 오래 들여다보면 싹이 돋는 乙을 닮았습니다.

일주일에 물을 두 번 주었지요. 새의 눈동자가 조금 썩었어요. 얼굴을 매일 떨어뜨립니다. 새의 그늘이 깊어집니다. 실직의 징조입니다. 새를 두드리면 상자와 고양이와 감정노동자가 있습니다. 나는 겨울이 온다. 살아야겠다고 이력서의 필체로 수첩에 적었습니다

乙은 당신을 쳐서 내가 사는 오늘 저녁의 영광입니다. 동맹과 배반의 테이블에서 태어납니다. 내일은 새의 날개가 펼쳐지는 개화기입니다.

빨리 죽는 것들은 빨리 죽어 오래 삽니다. 유목의 계절입니다.

김 언 시인

어디서 구멍이 났는지 모른다 외 2편

1998년 〈시와사상〉 등단. 시집 『숨쉬는 무덤』, 『거인』, 『소설을 쓰자』, 『모두가 움직인다』, 『한 문장』, 『너의 알다가도 모를 마음』, 『백지에게』, 시론집 『시는 이별에 대해서 말하지 않는다』 미당문학상, 박인환문학상, 김현문학패, 대산문학상 등 수상.

어디서 구멍이 났는지 모른다

문을 여니까 화장실에서 울고 있는 네가 보였다. 변기에 웅크리고 앉아 울고 있는 네가 보였다. 왜 우니?

물으려다가 관두었다. 어차피 말하지 않을 것이다. 그래도 왜 우니?

물으려다가 한 번 더 관두었다. 어차피 소용없는 일이다. 무엇 때문인지 누구 때문인지도 모르겠으나

우는 사람은 우는 사람이다. 이미 흘러넘치는 사람이다. 막으려고 물어봐야 이미 늦었다.

울음이 그칠 때까지 눈물이 막힐 때까지

아니면 눈물이 마를 때까지 기다리면서 화장실을 본다.

너를 본다. 다행히 화장실에는 작은 창 하나가 없다.

울음이 새어나갈 바깥이 없다.

눈물이 흘러내릴 외벽이 없다.

창이 있었다면 당연히 보였을 오늘 아침의 구름이 거실 창밖으로 흘러 흘러가고 있다.

그걸 보느라고 네가 우는 것도 잊은 채 멈추어 서 있다.

너를 어떻게 달래야 할까? 구름을 어떻게 멈추어야 할까?

나는 타인이다. 사랑하는 타인. 증오하는 타인. 상관없는 타인.

어느 쪽이든 흘러가는 구름과 멈춰 있는 오늘 아침의 타인.
한 사람으로도 충분한 타인이 두 사람으로도 벅찬 타인을
멈춰 세우고 있다. 화장실 앞에서 구름을 참는다.
물이 새듯이 흘러내리는 무언가를 느꼈다. 어디서 구멍이
났는지 모르겠다.

그늘

풀밭에는 그늘이 졌고
딱 한 사람만큼 그늘이 졌고
한 사람의 생긴 모양대로 그늘이 졌고
아니다, 아니다 그늘은 그늘이 생긴 대로 생겨서 졌고
지는 대로 어른거리는 그늘은
풀밭에 있고 그늘진 곳에 있고
그늘진 곳에는 짙음과 어둠을 더해가는 푸름이 있고
푸름은 푸름 혼자서 전부가 아니고
하나도 아니고 꽃 한 송이에도 꽃밭으로 돌변하는
풀밭이 있고 풀이 있고 밭이 있고
또 무엇이 있어서 그늘이 졌고
바람은 알 수 없고
바람대로 알 수 없는 길을
한 사람이 서 있다가 가는 쪽에도
그늘이 지고 그늘이 지다가 잠깐 멈추었다.
이쪽을 돌아보는 사람의 눈도 잠깐 멈추었다.
풀밭이 어른어른하다.
풀도 꽃도 밭도 모두 아닌 것처럼 졌다.

컵 하나의 슬픔

컵 하나를 생각하다 보면 컵 하나의 슬픔이 보인다. 보이다가 안 보이는 슬픔도 보인다. 슬픔은 담겨 있다. 컵 하나가 있으면 컵을 둘러싸고 맺히는 물방울도 슬픔의 모양으로 둥글고 슬픔의 자세로 흘러내리고 슬픔의 말로가 되어 말라가는데 말라붙는데 컵 하나는 덩그러니 컵 하나는 엉뚱하게 컵 하나는 재질과 상관없이 컵 하나의 모양과 자세와 성정까지 다 담아서 슬픔의 기둥으로 슬픔의 웅덩이로 슬픔의 틀린 말로 슬픔의 그릇된 호명으로 계속해서 네 네 대답하는 슬픔의 자동 응답기처럼 컵이 있다. 하나가 있고 둘이 있고 셋이 있어도 컵은 컵이고 슬픔은 안 보인다. 안 보이는 게 차라리 나았다 싶을 정도로 흘러넘치는 슬픔을 한 잔 따르고 두 잔 따르고 세 잔째는 이미 폭탄처럼 이것저것 다 들어가서 어지러움을 동반하고 언제 쓰러져도 이상하지 않을 컵 하나의 용도는 계속 슬픈 것. 계속 슬프라고 서 있는 것. 아니면 진작에 쓰러졌을 내가 무슨 정신으로 서 있겠는가. 비우자고 서 있다. 계속 따르라고 컵이 있다.

| 제1회 한탄강문학상 심사 총평 |

다양하고 역동적인 상상력의 현장

심사위원장 김 기 택

제1회 한탄강문학상은 응모작이 456명에 4,500여 편에 이를 뿐 아니라 본심에 올라온 응모작의 수준이 예상했던 것보다 훨씬 높아서 놀랐다. 전국에서 뛰어난 기성 시인과 예비 시인이 많이 참여했다는 것은 이 상에 대한 기대와 관심이 얼마나 컸는지를 실감하게 한다. 우리 문학의 저변이 그만큼 탄탄하고 넓다는 것을 현장에서 확인하는 일은 늘 기쁜 일이다. 다양한 좋은 작품들을 읽으니 심사하는 일도 즐거웠다.

대상 수상작 「호사비오리」 외 9편은 언어에 대한 감각이 남다른 데다 상상력의 스케일이 크고 활달해서 단연 돋보였다. 「호사비오리」는 '오리'라는 발음과 운율을 다양하게 활용하는 말놀이가 재미있지만, 그 재미에 그치지 않고 그 속에 우리 민족의 슬픔과 한의 정서를 잘 녹여내고 있다. 「나비뼈」는 어머니의 머리뼈 X 레이 사진에 찍힌 나비뼈에서 뼈로 화석화된 나비의 고치를 보고, 그 고치가 우화하여 머리뼈를 떠나 훨훨 날아가기를 바라는 염원을 담고 있다. 그런가 하면 「우유니사막의 수태고지」는 사막에 깔려 있는 소금 결정을 별과 은하수, 그리고 빙하기 같이 시공간

적으로 무한히 확장시키면서도 양수나 젖비린내 같은 모태의 기억과 연결시키는 상상력의 진폭과 신축성이 웅장하고 역동적이다. 우리말의 아름다움을 잘 실린 문장과 풍부한 음악성이 이 시들의 완성도를 더욱 높이고 있다. 함께 응모한 다른 시들 역시 높은 수준을 유지하고 있다.

우수상 수상작 「붉은 기린」 외 9편은 고통이나 좌절을 경쾌하고 발랄한 이미지로 형상화한 점이 돋보였다. 붉은 기린은 문 닫은 공사장에 버려진 녹슨 포클레인에서 달리고 싶은 기린의 욕망을 읽어내고 있으며, 「싱거운 햇살 무정차로 간다」는 빈집에서 왕성하게 살아가는 풀과 꽃, 나비 등을 보여준다. 실패와 상처를 유쾌한 생명 에너지로 변화시키는 이 상상력은 코로나로 고통 받는 오늘날에 더 큰 울림으로 다가온다. 가작을 수상한 「다이너스티튤립 한 줄, 아니면 클리워터튤립 줄 둘」 외 9편과 「균열의 시간」 외 9편도 만만치 않은 저력을 보여주고 있으며 몇몇 시편은 대상 못지않은 완성도를 지니고 있으나 응모작들의 다소 수준이 고르지 못한 점은 다소 아쉬웠다.

네 분 수상자들께 축하를 보낸다. 아울러 수상하지 못한 모든 응모자들께는 다음의 기회를 기약하며 감사의 말씀을 드린다.

| 제1회 한탄강문학상 심사평 | 본심

심사위원 공 광 규

투고한 작품들을 읽어가며 새롭고 놀라운 형상을 발견할 수 있어 시 읽는 즐거운 시간을 가졌다. 우선 너무 난해하거나 긴장이 없는 표현, 표현이 평범함에 그친 것들을 제외하고 시의 격을 잘 갖춘 시들을 세밀하게 검토했다.

두 사람은 「호사비오리」를 대상으로 뽑는데 합의했다. 근래 보기 드문 음악성을 시에서 구현하고 있었다. 우수상으로 「붉은 기린」을 뽑았다. 녹슨 무생물은 생물로 전화시키는 상상력을 높이 샀다.

가작으로 2편의 시들도 의미가 잘 드러나는 표현, 활달한 상상과 묘사에 점수를 주었다.

| 제1회 한탄강문학상 심사평 | 예심

심사위원 정 한 용

'한탄강문학상' 첫 회 공모에 예상 밖으로 많은 작품이 응모되어, 심사자로 큰 책임과 긍지를 함께 느꼈다.

응모작은 크게 세 부류로 읽혔다. 하나는 계절이나 사물 등에 대한 묘사에 집중한 작품들이었다. 단순한 묘사를 넘어 의미를 확장시켰는지 주목해 읽었다. 두 번째는 일상과 생활의 장면을 제시하며 의미를 만들어 내려 노력한 작품들이었다. 단순한 소재에서 벗어나 새로운 상상으로 펼쳐졌는지 살펴보았다. 세 번째는 구체적 장면을 생략하고 메시지를 감춘 채 낯설게 하기를 무기로 삼은 작품들이었다. 다만 낯선 것의 직조가 너무 과장 되거나 상투적 관습에 빠지지 않았는지 주의해 읽었다

우수한 작품이 많아 매우 기뻤으며, 훌륭한 작품이 최종심에서 선정되기를 바란다. 기쁜 마음으로 미리 축하드린다.

심사위원 서 안 나

제1회 '한탄강문학상'에 전국에서 많은 응모자들이 참여하여, 예심 심사 내내 응모자들의 문학에 대한 뜨거운 관심과 열의를 확인할 수 있었다. 특히, '한탄강문학상'은 (재)종자와시인박물관과 연천군이 합심하여 '한탄강유네스코세계지질공원 인증' 기념과 전 국민의 문학 창작의욕 고취를 목적으로 제정되었다.

또한, '한탄강문학상'을 제정하고 운영하는 (재)종자와시인박물관은, 2016년 개관 이래 외래 종자가 점유하는 현시점에 굴하지 않고 수천 종의 토종 종자 확보 및 개발의 중요성을 강조해왔다. 신광순 박물관장의 뚝심 있는 종자 철학은 곧 '한탄강문학상'이 다른 문학상과 차별화되는 지점이기도 하다. '한탄강문학상'은 코로나가 창궐하는 팬데믹 시대에 인간과 자연의 상호공존이라는 미래지향적 문학적 가치를 추구하고 있기 때문이다.

제1회 '한탄강문학상'에는 총 456명이 응모하여 4,500여 편의 시가 치열한 경합을 벌였다. 이중 예심 심사에서 심사위원들의 마지막까지 주목한 작품은 총 30여 편이었다. 다만 심사과정에서 아쉽게 생각한 점은 다음과 같다. 자연풍광이나 사물과 대상을 포착하는 시선이 평이하거나 개인의 주관적 정서에 침윤되어 단순한 감상만을 나열한 작품, 시적 발상과 상상력의 변용이 미약한 작품, 시의 소재가 '한탄강'을 다루고 있지만 익숙한 비유와 시적 구조의 허약성, 그리고 실험성이 강하고 감각적이나 화려한 수사적 기교를 떠받치는 시적 사유가 미약한 작품 등이었다. 이러한 점은 응모 시편들이 극복해야 할 과제라는 점에 심사위원들의 의견이 일치하였다. 수상자에게는 미리 축하를 드리면서 좋은 작품으로 화답해주시길 기원하고, 응모해주신 분들에게도 감사한 마음을 전합니다.

심사위원 **김 언**

제1회 한탄강문학상 심사에 참여하여 기쁘고 영광스럽게 생각합니다. 총 456명의 응모자가 보내온 작품들을 읽으며 한탄강문학상에 대한 많은 분들의 관심과 열기를 느낄 수 있었습니다.

상의 이름에 발맞추어 한탄강을 소재로 삼은 응모작이 많았는데 문학성까지 겸비한 작품이 드물었던 것은 아쉬웠습니다.

그러나 자유 주제로 보내온 작품들 중에는 문학성, 작품성을 담보한 작품이 다수 눈에 띄었습니다.

총 30명의 응모자를 본심으로 올리면서, 모쪼록 제1회 한탄강문학상의 위상을 굳건히 하는 뛰어난 수상작이 나오기를 바랍니다.

제1회 한탄강문학상 수상작품집

초판 인쇄 2022년 02월 14일
초판 발행 2022년 02월 22일

지은이 김영욱 외
엮은이 신광순
엮은곳 (재)종자와시인박물관
펴낸이 장지섭
북디자인 김은숙
인쇄 / 제본 (주)금강인쇄
펴낸 곳 도서출판 시인
등록번호 제384-2010-000001호
등록일자 2010년 1월 11일
14034 경기도 안양시 만안구 수리산로 48번길 9(안양동) 청화빌딩 3층 302호
Tel 031-441-5558 Fax 031-444-1828
E-mail : siin11@hanmail.net

©김영욱 외
ISBN 979-11-85479-30-9 03810

*이 책 내용의 전부 또는 일부를 재사용하려면 반드시 저자 및 엮은이 그리고 도서출판 시인의 동의를 받아야 합니다.

*정가는 뒷 표지에 있습니다.

*이 책은 연천군의 후원을 받아 제작되었습니다.